Daniel Zahno
Die Geliebte des Gelatiere

PIPER

Zu diesem Buch

Seit frühester Kindheit wird der junge Venezianer Alvise von seinen Mitschülern gehänselt und gemieden, weil er ein Einzelkind ist. Erst als Noemi in seine Klasse kommt, erfährt er, was Freundschaft ist. Und, genauso wichtig: Er entdeckt mit ihr seine Liebe zum Vanilleeis. Als Noemi fortzieht, bleibt Alvise einzig die Leidenschaft zum Eis. Er wird einer der besten Gelatieri Venedigs. Doch kein Zimtparfait und keine Geliebte können die Sehnsucht nach der Freundin aus Kindertagen stillen. Eines Tages entschließt sich Alvise, nach seiner einstigen großen Liebe zu suchen. Wird er sie finden? Und wenn ja, lässt sich das Rad der Zeit zurückdrehen?

Daniel Zahno, geboren 1963, lebt in Basel. Für seinen Erstling, »Doktor Turban«, erhielt er unter anderem den Tübinger Poetik-Preis und den Clemens-Brentano-Preis. 2006 publizierte er den poetischen Reigen »Im Handumdrehen«. Nach Aufenthalten am Ledig House in New York und am Istituto Svizzero in Venedig schrieb er den Roman »Die Geliebte des Gelatiere«. Zuletzt erschien »Rot wie die Nacht«.
Weiteres zum Autor: www.danielzahno.ch

Daniel Zahno

Die Geliebte des Gelatiere

Roman

Piper München Zürich

Mehr über unsere Autoren und Bücher:
www.piper.de

Der Autor dankt der Pro Helvetia und dem Fachausschuss Literatur beider Basel für die Unterstützung.

Mix
Produktgruppe aus vorbildlich bewirtschafteten Wäldern und anderen kontrollierten Herkünften
www.fsc.org Zert.-Nr. GFA-COC-001223
FSC

Ungekürzte Taschenbuchausgabe
Piper Verlag GmbH, München
Juni 2010

Umschlaggestaltung: semper smile, München
Umschlagfoto: Getty Images / John Brown / Stone
Autorenfoto: Jürgen Bauer
Papier: Munken Print von Arctic Paper Munkedals AB, Schweden
Druck und Bindung: CPI – Clausen & Bosse, Leck
Printed in Germany ISBN 978-3-492-25471-7

1

Geboren bin ich an einem elften Elften, und obwohl ich kein Schnapstrinker bin, nehme ich an, dass das kein Zufall ist. Mein Vater nannte mich »Stuccatore«, »Gipser«. Ich weiß nicht, wie er darauf kam, für ihn war ich einfach der Stuccatore, obwohl mich Gipsen nie interessiert hat. Er arbeitete als Bootsführer auf einem Vaporetto, und ich war stolz, wenn ich ihn auf dem Canal Grande am Ruder sah. Meine Mutter half in einem Coiffeursalon in der Via Garibaldi im Sestriere Castello aus. Beide waren als junge Leute vom Festland nach Venedig gezogen, um hier ihr Glück zu versuchen.

In meiner frühen Kindheit bestand dieses Glück aus einer winzigen Zweizimmerwohnung im zweiten Stock eines braunroten Hauses am Rio della Misericordia. Es war ruhig, hatte ein Gärtchen und einen Innenhof. Von der Waschküche ging eine Türe auf den Innenhof, und wenn meine Mutter wusch, saß ich auf dem Treppenabsatz oder schoss den Ball gegen die modrigen Mauern, während im Hof der Duft frischer Wäsche aufstieg.

Im Cannaregio, wo ich aufwuchs, lebten die einfachen Leute. Die Nachbarn, mit denen wir zu tun hatten, waren Maurer, Konditoren, Gelatieri. Anwälte, Lehrer oder Ärzte wohnten anderswo. Wir lebten am äußersten Rand Venedigs, ganz im Norden, »fora dal mondo«, außerhalb der Welt, wie selbst die Venezianer sagten. Gondeln gab es hier keine, Touristen verirrten sich selten hierher. Was mit Sicherheit kam, war nur das Wasser.

Vor dem Haus hatten wir ein kleines hellblaues Holzboot. Wenn Venezia am Wochenende nicht im Penzo spielte, fuhren wir damit in die Lagune hinaus. Manchmal fuhren wir auch einfach durch die Stadt, wobei mein Vater am liebsten den Rio del Santissimo ansteuerte, der unter der Kirche von Santo Stefano durchführt, um dort *Pope hoi* in die Luft zu schmettern, während gerade die Messe gelesen wurde.

Das war die Welt meiner Kindheit – das Leben mit dem Wasser, auf dem Wasser, auf Tausenden von Pfählen, umspült von Wellen, ein ständiges Schwanken, Schwappen und Schaukeln. Wir führten ein nahezu nautisches Leben, waren tief im Herzen alle irgendwie Matrosen, Seefahrer, Seefrauen, auch wenn keiner von uns schwimmen konnte. Als ich zum ersten Mal Festland betrat – ich war damals fünf Jahre alt –, war das ein Schock. Ich hatte gedacht, dass alle Leute so lebten wie wir. Ich sah keinen Reiz darin, mit Autos auf Straßen zu fahren oder in Hochhäusern zu wohnen.

Aber nicht nur meine ersten Gehversuche auf dem Festland waren schwierig. Auch die erste Zeit in der Schule setzte mir zu. Ich musste lernen, dass das ein ganz anderes Terrain war, eine Art »Terraferma« des Sozialen. Meine Klassenkameraden waren größer, stärker und lauter als ich. Von Anfang an war ich ein Außenseiter. Ein typisches verzogenes Einzelkind, das war das Bild, das die anderen von mir hatten. Allein das Wort *Einzelkind* verletzte mich – als ob es eine Krankheit wäre, alleine aufzuwachsen; als ob man nicht ganz normal wäre, wenn man ohne Geschwister aufwuchs; als ob man davon einen bleibenden Schaden davontragen müsste. Dabei sprach man ja auch nicht von *Mehrfachkindern*. Aber das zählte nicht. Was zählte, waren Eigenschaften, die in den Augen meiner Kameraden untragbar waren. Viel zu zerbrechlich und kränklich. Viel zu ruhig und zurückhaltend. Viel zu klein und zu schwach. Alles andere als ein Stuccatore.

Erst als die Tochter eines Amerikaners und einer Römerin in unsere Klasse kam, veränderte sich meine Situation. Weil ich in den meisten Fächern besser als die anderen war, wurde sie neben mich gesetzt. Ich sollte mich um sie kümmern und ihr helfen, wenn sie nicht mitkam. Ich war gar nicht begeistert. Ich war in einem Alter, wo man mit Mädchen nichts zu tun haben wollte, wo es unmöglich war, neben einem Mädchen zu sitzen. Ich fürchtete den Spott der anderen Jungen, fürchtete, als »Mädchenschmecker« verschrien zu werden, was das Übelste war, was einem angehängt werden konnte, übler noch als »Einzelkind«.

Aber die Neue war auch ein Einzelkind. Und obwohl ich erst skeptisch, ja abweisend war, mich tollpatschig und unsicher benahm, verstanden wir uns nach anfänglicher Verkrampfung immer besser. Sie hieß Noemi. Ihr Italienisch hatte einen amerikanischen Akzent, der etwas Anziehendes hatte. Sie war feiner und raffinierter als die anderen. In Manhattan geboren, in Brooklyn aufgewachsen, hatte sie von der Welt schon mehr gesehen als wir alle zusammen. Sie wirkte fragil, nervös und kränklich, aber ihre strahlenden Augen und ihr Lächeln nahmen mich rasch für sie ein. Auch auf die Gefahr hin, als *Mäd-*

chenschmecker dazustehen, tat ich alles, damit sie sich schnell zurechtfand.

Dass ich zurückhaltend und schüchtern war, schien sie nicht zu stören. Nach einer ersten Phase des Kennenlernens bekam ich das Gefühl, dass sie mich mochte. Ich glaube, sie bewunderte mich, auch wenn mir nicht klar war, warum. Vielleicht bewunderte sie mich nur, weil ich im Rechnen oder Schreiben ein bisschen weiter war als die anderen. Aber ich denke, so banal war es nicht. Es lag eine verborgene Zärtlichkeit in ihren Blicken und Gesten. Endlich hatte ich einen Freund in der Klasse. Dass es ein Mädchen war, störte mich nicht mehr.

Noemi wurde von der Klasse reserviert aufgenommen. Man respektierte sie, weil sie etwas Vornehmes ausstrahlte. Da sie fließend Englisch sprach, fühlten sich manche unterlegen und verunsichert. Sie war immer freundlich, trotzdem fanden die meisten sie kühl, hochmütig und arrogant. Sie war nicht das, was ein Mädchen aus dem Cannaregio zu sein hatte. Es tat mir weh, dass die anderen sie nicht ins Herz schlossen, aber irgendwie war es mir auch recht, denn so konzentrierte sie sich umso mehr auf mich.

Meist gingen wir nach der Schule zusammen nach Hause. Sie wohnte ganz in der Nähe. Manchmal besuchte sie mich, aber nur, wenn meine Eltern nicht da waren. Ich weiß nicht, ob aus Schüchternheit oder Intuition. Wenn meine Mutter aus dem Fenster schaute, kam sie auf keinen Fall mit hoch. Auch zu ihr nach Hause durfte ich nie, wahrscheinlich, weil ihre Mutter meist daheim war.

Ich war oft krank, was meine Mitschüler auf den Schaden zurückführten, den ich als Einzelkind haben musste, und meine Lehrer zu penetranten Anrufen bei meinen Eltern verleitete. Nachdem man mir im *Ospedale Civile* die Mandeln entfernt hatte, lag ich einige Tage zu Hause im Bett. Natürlich hatte ich vor der Operation große Angst gehabt. Ich kann mich erinnern, wie ich, an Händen und Füßen an einen Stuhl festgegurtet, einen orangen Luftballon gezeigt bekam, nach dem ich greifen wollte, die Farbe hatte ich zuvor auswählen dürfen und hatte mich für meine zweitliebste Farbe entschieden. Ich griff also nach dem Ballon, und während ich griff, presste mir eine Hand von hinten eine Maske auf das Gesicht, aus der Gas strömte, so dass ich keine Luft mehr bekam, in Panik geriet, mich loszustrampeln versuchte und dachte, die bringen mich um. Die Operation verlief nach Plan.

Auf dem Wassertaxi zurück an den Rio della Misericordia kotzte ich, was meine Mutter beschämte. Auch zu Hause hatte ich weiter Brechreiz und Halsweh. Mein Vater witzelte, ich müsse aufpassen, dass ich nicht ins *Ospedale degli Incurabili* käme, ins Hospiz der Unkurierbaren, dessen Name mich immer so erschreckt hatte, dass ich nie gewagt hatte, auch nur daran vorüberzugehen. Irgendwie hingen für mich die Wörter »Incurabile« und »Einzelkind« zusammen, auf andere Weise allerdings, als meine Mitschüler dachten.

An einem dieser Nachmittage nach der Operation, als Vater seinen Vaporetto steuerte und Mutter im Coiffeursalon arbeitete, besuchte mich Noemi. Der Arzt hatte mir geraten, ich solle viel Eis essen, das sei gut gegen das Halsweh, und so brachte sie zwei riesige Gelati mit, das eine mit Zitrone und Orange, das andere mit Vanille und Stracciatella. Weil ich Vanille über alles liebte, nahm ich die Waffel mit dem Vanilleeis. Sie hatte gewusst, dass ich Vanille nicht widerstehen konnte und auch Stracciatella besonders mochte. Ich fand, dass auch sie nach Vanille roch, aber das hätte ich ihr natürlich nie gesagt.

Ich saß aufrecht in meinem Bett, Noemi auf einem Stuhl daneben. Wir freuten uns an dem Eis, und sie freute sich über meine Begeisterung für Vanille und die Überraschung, die ihr gelungen war. Wir hielten unsere Gelati in der Hand und schauten auf den Hafen und die farbigen Schiffe, die ich aus Lego gebaut hatte.

Noemi wartete ein wenig, ließ das Gelato anlaufen, damit es sein ganzes Aroma entfalten konnte, und begann erst, als es schon zu rinnen und auf ihren Rock zu tropfen drohte, behutsam daran zu lecken. Langsam und genüsslich leckte sie an der Limonenkugel. Mit allergrößter Vorsicht behandelte sie das Eis, als wäre es etwas Zerbrechliches. Ich saß auf meinem Bett, vertilgte meine Stracciatella und beobachtete jede ihrer Bewegungen. Ich bewunderte, wie sie sich so ganz dem Eis hingab. Als sie die Waffel zu Ende gegessen hatte, leckte sie sich die Finger ab und wischte sich dann mit einer kleinen Papierserviette Hände und Mund ab. Schließlich wandte sie sich wieder mir zu und strahlte mich an.

Bei uns zu Hause gab es nicht oft Eis. Mein Vater mochte die neuen Aromen, die immer mehr aufkamen, nicht. Und er meinte, dass zu viel Eis Durchfall verursache. Deshalb hatte ich gejubelt, als Noemi mit den großen Waffeln gekommen war.

Draußen wurde es finster. Dicke Wolken zogen vorüber, der Scirocco heulte durch die Gassen, und ich stellte mir vor, wie die Schiffe und Boote in der Lagune von den schäumenden Wellen hin- und hergeworfen wurden. Aber in meinem Zimmer am Rio della Misericordia war es warm, und eine kleine Lampe sorgte für einen matten Schimmer. Noemi und ich redeten nicht viel, wie meist, wenn wir zusammen waren. Aus dem Radio kam das Lied »Volare«, und tatsächlich war mir zum Fliegen zumute. Das Vanilleeis und Noemis Lächeln hatten mich in Hochstimmung versetzt.

Noemi trug einen blauen Rollkragenpullover. Ihr halblanges blondes Haar hatte sie hochgesteckt, so dass sie ganz anders aussah als sonst. Ein Bein hatte sie über das andere geschlagen. Ihr Blick verlor sich auf den Schiffen meines Lego-Hafens, während »Volare« nicht aufhören wollte, durch mein Zimmer zu fliegen.

»Meinst du, es stimmt, was man sagt – dass Leute, die kein Eis mögen, Dummköpfe sind?«, fragte sie.

Ich zuckte zusammen. Wenn das stimmte, dann war mein Vater ein Dummkopf. Das konnte ich nicht durchgehen lassen.

»Ich weiß nicht«, sagte ich. »Wo hast du denn das her?«

»Mein Onkel hat mir das mal gesagt. Menschen, die kein Eis mögen, seien Dummköpfe oder Barbaren.«

Ich schluckte. Natürlich hatte ihr Onkel recht, aber trotzdem hätte er den Mund halten sollen. Mein Vater ein Barbar, diese Vorstellung war nicht zum Aushalten.

»Hmm …«, machte ich.

»Kennst du Leute, die kein Eis mögen?«

»Kann schon sein«, sagte ich ausweichend. Ich steckte in der Klemme und suchte nach einem Ausweg. Aber es wollte mir nichts einfallen, und kaum wollte ich etwas sagen, gerieten mir die Dinge in meinem Kopf heillos durcheinander.

»Beißer sind Barbaren«, sagte ich schließlich, froh, dass mir doch noch ein halbwegs intelligenter Gedanke gekommen war.

»Beißer?«

»Ja, Leute, die nicht langsam am Gelato lutschen, sondern gleich ins Eis beißen und es gierig herunterschlucken. Wie Lucio etwa. Lucio ist ein Barbar, man sieht es daran, wie er sein Eis isst.«

Das schien ihr einzuleuchten.

»Ja, du hast recht. Lucio ist ein Barbar. Nicht nur beim Eis-essen.«

Scherzend fügte ich an: »Er ist ja auch ein Mehrfachkind.«

Wir lachten. Man hatte uns beiden so oft zugesetzt, nur weil wir Einzelkinder waren, dass uns eine solche Spitze wohltat.

»Volare« verklang, und ich spürte den Schmerz in meinem Hals wieder.

»Könntest du dir vorstellen, eine Schwester oder einen Bruder zu haben?«, fragte Noemi nach einer kurzen Pause.

Ich wusste nicht, ob ich mir das vorstellen konnte. Ich musste mir das erst durch den Kopf gehen lassen. Ich hatte keine Schwester und keinen Bruder, und so wusste ich nicht wirklich, was es hieß, Geschwister zu haben. Deshalb war es mir unmöglich, etwas dazu zu sagen – ja, es war mir unmöglich, irgendetwas dazu zu denken.

»Eigentlich komme ich mit mir alleine ganz gut zurecht«, sagte ich.

»Du meinst, du brauchst niemanden zum Streiten.«

»Genau.«

Sie schaute mich ruhig an und zupfte ihren Rock zurecht.

»Manche Leute denken, Einzelkinder lernten nicht zu teilen und seien rücksichtslos.«

»Nur Barbaren denken so«, sagte ich, »und Beißer.«

Wir lachten. Ihr Lachen hüllte mich auf wunderbare Weise ein. Es war entwaffnend.

»Hätte deine Mutter nicht gerne noch ein weiteres Kind gehabt?«, fragte sie schließlich.

»Kann schon sein«, sagte ich. »Aber vielleicht wollte sie auch nur ein Kind, um mir ihr eigenes Schicksal zu ersparen – meine Mutter hat zwölf Geschwister.«

»Zwölf Geschwister!«

»Bei so vielen Kindern ist sie gewiss zu kurz gekommen. Sie spricht nicht gern von ihrer Kindheit, und wenn, dann nicht besonders positiv.«

Noemi nickte. Gedankenversunken starrte sie auf meinen Lego-Hafen, ihr Blick verlor sich auf den bunten Schiffen und dem nachgebauten Arsenale. Dann veränderte sich mit einem Mal ihr Ausdruck, ihr Gesicht, ihre Lippen zogen sich zusammen, als quälte sie ein schmerzlicher Gedanke.

»Glaubst du, dass Eltern von Einzelkindern sich nicht wirklich mögen?«, fragte sie.

Ich hielt einen Moment inne. Ich wusste nicht, was ich ihr antworten sollte.

»Hat dir das auch dein Onkel erzählt?«

»Nein, die Mutter einer Freundin in Amerika hat mir das mal gesagt. Ich war so traurig, ich hatte fast keine Luft mehr zum Atmen. Ich musste daran denken, dass meine Eltern tatsächlich wie Hund und Katze sind, sehr verschieden, sehr streitlustig. Aber dann sind sie auch wieder wie gute Freunde.«

Ich überlegte, wie es bei meinen Eltern war, und fand, dass es ähnlich war.

»Ich glaube nicht, dass man solche Regeln aufstellen kann«, sagte ich trotzig. Ich war wütend auf diese amerikanische Mutter. Sie war bestimmt die Mutter eines Mehrfachkindes. »Und ich verstehe nicht, warum die Mutter deiner Freundin dir das gesagt hat.«

Noemi sah auf ihre Hände. Dann legte sie mir die rechte auf die heiße Stirn. Es war das erste Mal, das mich ein weibliches Wesen, abgesehen von meiner Mutter und meinen Tanten, auf diese Weise berührte. Ich spürte, dass irgendetwas Verrücktes mit mir passierte, ich war verwirrt und hätte zugleich zerspringen können vor Freude. Es waren nur drei, vier Sekunden, während denen ihre Hand auf meiner Stirn lag, aber in diesen paar Sekunden öffnete sich mir eine neue Welt. Als Noemi ihre Hand wegzog, war ich völlig durcheinander. Ich wusste, dass ich da wieder hin wollte, ich brannte darauf, ihre Hand wieder zu spüren, die Wärme ihrer Finger. Zugleich war ich auf seltsame Weise traurig und musste beinahe weinen.

Meine Stirn muss sehr heiß gewesen sein, fiebrig, so dass Noemi fand, ich solle mich ein wenig ausruhen und schlafen. Aber wie hätte ich schlafen können, in diesem Zustand? Sie verabschiedete sich und ging nach Hause.

Als ich nach zehn Tagen wieder in die Klasse kam, war der Stuhl neben mir leer. Ich dachte zuerst, dass Noemi krank sei, aber dann sagte mir die Lehrerin, dass Noemis Familie in die Staaten zurückgekehrt sei, dass sie ganz unerwartet mit ihren Eltern nach New York geflogen sei. Ich war bestürzt. So plötzlich Noemi aufgetaucht war, so plötzlich war sie auch wieder verschwunden. Kaum noch hatte ich dieses Glück gespürt, den sanften Druck ihrer warmen Hand. Verloren starrte ich im Spiegel auf meine Stirn, auf der ihre Hand gelegen hatte, und sperrte mich in meinem Zimmer ein.

In meinen Tagträumen roch ich noch lange Noemis Vanilleduft, spürte ihre sanfte Berührung, die anders war als jede andere Berührung zuvor und jede Berührung danach. In meinem Herzen war nur Platz für sie. Aber sie war fort. Es war furchtbar, ohne sie in diese Klasse von Beißern und Barbaren zurückzukehren, in der ich von Stunde an *der Mädchenschmecker* war.

2

Wie man auf Schlamm eine Stadt bauen kann, die nicht versinkt, diese Frage hat mich schon als Kind beschäftigt. Meine Eltern erzählten mir auf meine Fragen die Geschichte von den Millionen Pfählen, die unsere Vorfahren in den Boden gerammt hatten. Die Geschichte von den Eichenholzgittern und den Pfahlwerken aus Ulme, die die Basilika von San Marco trugen. Die Geschichte von den venetischen Alpen, den Wäldern des Cadore, wo man Lärchen, Erlen, Eichen und Kiefern gefällt hatte, um sie hierherzuflößen und mit riesigen Ambossen kopfüber in den Untergrund zu treiben. Aber es kam mir immer seltsam vor, auf umgedrehten Bäumen zu gehen, über einen auf den Kopf gestellten Wald. Nie habe ich wirklich begriffen, warum diese zehn Meter langen, dreißig Zentimeter dicken Stämme im Wasser nicht faulen. Die Erklärung, dass der Schlick die Stämme schütze, sie einkleide und quasi zu Stein werden lasse, hat mir nie eingeleuchtet.

Aber nicht nur der Untergrund der Stadt erschien fiktiv, auch mein eigener Boden, meine eigenen Eltern, es schien mir, als ob sie nicht meine richtigen Eltern wären, sondern Schauspieler, die meine Eltern spielten. Denn wie konnte jemand, der die neuen Eisaromen nicht mochte, mein Vater sein? Auch wenn ich stolz auf ihn war, wenn ich ihn auf dem Canal Grande sah, in seiner schicken Uniform am Steuer des Vaporetto. Aber seine Vorliebe für Militärisches oder seine Abneigung gegen alles Moderne mochte ich nicht. Meine richtigen Eltern vermutete ich irgendwo im Universum. Überirdisch ätherische Wesen, die meine Erziehung aus Sternenferne leiteten und mich in irdische Obhut gegeben hatten, aus was für Gründen auch immer.

Selbst Noemi erschien mir nach ihrem Verschwinden wie eine Fiktion. Aber dann blickte ich in die Schublade meines kleinen Schreibtisches, sah das rote Haarband, das sie bei mir vergessen hatte, und wusste, es hatte sie gegeben. Noemi.

Ich kam auf eine andere Schule in eine neue Klasse. Weil niemand aus meiner alten Klasse in die neue mitkam, begann dort alles wieder bei null. Für meine neuen Kameraden war ich nicht mehr der *Mädchenschmecker*, sondern der *Professore.* Weniger, weil ich viel wusste, sondern weil ich eine Brille tragen musste. Eine Art Milchglasbrille, bei der das linke Auge abgedeckt war, da ich auf dem rechten nicht gut sah. Mit der Brille sah ich lächerlich aus, und ich musste viel Spott über mich ergehen lassen.

Aber in der Klasse saß noch ein anderer mit einer Milchglasbrille: Michele. Er war auch ein Einzelkind. Mit ihm verbrachte ich viel Zeit. Er hatte einen Plattenspieler. Ein Plattenspieler war für meinen Vater etwas Überflüssiges. Er brauchte keinen Plattenspieler, er hatte sein Vaporetto und Taue, die klagende

Laute von sich gaben, wenn sie beim Anlegen gespannt wurden.

Michele spielte mir seine Lieblingsplatten vor, von Paolo Conte, Fabrizio de André und Adriano Celentano. In dieser Zeit hörte ich zum ersten Mal Pop und Rock n' Roll, da im Radio zu Hause meist nur Schlager und Opern liefen.

Immer wieder hörten wir *Un gelato al limon* von Paolo Conte. Das Lied war ein Versprechen. Es drückte eine Lebenseinstellung aus, nach der wir uns sehnten, ein Gefühl, in dem wir ganz aufgingen. Diese Platte hütete Michele wie seinen Augapfel. Ich durfte sie nicht anfassen, weil er glaubte, ich hätte keine Ahnung, wie man eine Platte anfasst. Da ich nie welche besessen hatte, hatte er nicht ganz unrecht. Griff ich doch mal nach ihr, wurde er wütend. Die Platten waren sein Heiligtum, Paolo Conte sein Heiliger. Wer sich daran vergriff, war ein verfluchter Hurensohn.

Wenn wir genug hatten von *Gelato al limon*, lieferten wir uns harte Duelle an seinem Tischfußballkasten. War ich Venezia, dann wählte er, seiner deutschen Mutter wegen, eine deutsche Mannschaft, etwa Bayern München. Das spornte mich immer besonders an, da ich Bayern München nicht ausstehen konnte. Weil wir beide nicht verlieren konnten, kämpften wir so verbissen, dass der Kasten beinahe auseinanderfiel. Wer verlor, brauchte mindestens eine Stunde, um wieder ansprechbar zu sein.

Als sich unsere Gemüter nach den hitzigen Tischfußballduellen wieder beruhigt hatten, begann Michele eines Nachmittags von einem Mädchen zu schwärmen, das er in der Übergangsklasse kennengelernt hatte: Elisabetta. Sie war die Zwillingsschwester von Loredana, die auch in unserer Klasse war und neben ihr saß. Es waren eineiige Zwillinge. Sie waren gleich angezogen und taten stets alles zusammen.

Michele erzählte voller Stolz, dass Elisabetta ihn nach seinen Notizen in Geschichte gefragt habe, dass sie zusammen Mathematikaufgaben gelöst und die beiden Zwillinge ihn zu ihrem Geburtstagsfest eingeladen hätten. Er setzte seinen verschwörerischen Milchglasblick auf und schnippte mit den Fingern. Auf der Party würde er sich ihr nähern. Seines Erfolges war er sich gewiss.

Obwohl ich meine Zweifel hatte, ob das Austauschen von Notizen etwas zu bedeuten hatte, und Elisabettas Verhalten ihm gegenüber nüchterner sah – ich wusste, dass sie sich auch von Claudio Notizen borgte und öfter zu Claudio hinübersah –, wollte ich ihm seine Freude und Hochstimmung nicht verderben.

Vielleicht lag es gerade an Micheles Abgehobenheit, an seinen nicht enden wollenden Schwärmereien für Elisabetta, dass ich mich für die andere der beiden Schwestern zu interessieren begann. Auf jeden Fall fing ich an, Loredana aus der Ferne zu beobachten, ihre Blicke zu suchen und an sie zu denken. Sie sah knabenhaft aus, hatte ganz kurze Haare und strahlte etwas Ungelenkes, Steifes aus. Diese Steifheit holte mich beim Zusammensein mit ihr immer wieder ein. Jedes Gespräch mit ihr verlief irgendwie harzig.

Mit Noemi war nie etwas harzig gewesen. Mit Noemi hatte ich einfach sein können, ich hatte mich nie anstrengen müssen. Jetzt war jeder Schritt eine Anstrengung. Immerhin fesselte mich irgendetwas an Loredana, auch wenn ich nicht genau wusste, was mich für sie einnahm. Sie hatte etwas Erwachsenes oder wirkte zumindest erwachsen, war nicht so kindisch wie andere Mädchen in der Klasse.

Ich schenkte Loredana alle Aufmerksamkeit, heckte Pläne aus, wie ich sie gewinnen könnte, war ganz und gar *Mädchenschmecker*, und doch kam die Sache nicht recht ins Rollen.

Loredana war liebenswürdig, nett, aber nach einem Zugeständnis auch wieder distanziert und unzugänglich.

Bei einer Klassenparty tanzte sie Wange an Wange mit mir, hetzte aber nach dem Tanz wie ein aufgescheuchtes Reh aus dem Raum und verschwand auf der Toilette. Oder sie verdrückte sich am Ende des Stücks zu ihrer Schwester, um mit ihr ein Gespräch zu beginnen. Beim Flaschenspiel, das ich so lenkte, dass sie mich küssen musste, küsste sie mich, dass mir schwindelte, aber für den Rest des Abends ignorierte sie mich.

Ich verstand das nicht. Ich vernachlässigte den Unterricht, meine Gedanken kreisten nur um Loredana, und doch kam ich keinen Schritt voran.

Michele erging es mit Elisabetta nicht besser, aber das war kein Trost. Unsere endlosen Schwärmereien verwandelten sich nach und nach in lange Lamentos. Wir waren ratlos.

Wie konnten die beiden Mädchen nur so launisch sein? Aber die Launen und der Widerstand spornten uns an, wir erfanden immer neue Taktiken, um unsere Schwärme anzulocken. Vier Jahre lang blieben wir den Zwillingen auf den Fersen, der einzige Erfolg waren unverbindliche Wangenküsschen.

Schließlich kamen wir zur Einsicht, dass im normalen Schulalltag nie etwas laufen würde. Der war zu sehr vom Kopf und von Zuschauern geprägt. Nicht das passende Ambiente für unsere schamhaften Schwärme. Unsere Hoffnung richtete sich auf das Klassenlager. Es sollte auf der Terraferma in den Dolomiten stattfinden. In solchen Lagern fanden immer wieder Pärchen zusammen. Obwohl ich sonst mit der Terraferma wenig am Hut hatte, freute ich mich auf das Lager.

Am zweiten Abend war eine Party angesagt. Der große Moment war endlich gekommen. Jetzt oder nie, sagte ich mir. Seit Wochen hatte ich diesen Augenblick ersehnt und vor meinem inneren Auge durchgespielt, jetzt wurde es ernst. Ich zog meine besten Klamotten an, besprühte mich mit dem Parfum, das ich gekauft hatte. Alles musste neu und frisch sein, wenn der Coup gelingen sollte. Sogar meine Schuhe hatte ich spiegelblank geputzt, und vor der Abfahrt ins Lager hatte mir meine Mutter in der Via Garibaldi die Haare zurechtgemacht.

Auch Michele hatte sich herausgeputzt. Er trug schicke Kleider und hatte seine Brille durch Kontaktlinsen ersetzt. Ich trug auch keine Brille mehr, denn mein Sehvermögen hatte sich durch das milchig getrübte Glas tatsächlich verbessert.

Die quirlige Ramona stand hinter dem DJ-Pult. Die Musik, die sie am Anfang auflegte, waren Hits von Francesco de Gregori und Gianna Nannini. Michele und ich standen in einer Ecke und hielten uns zurück. Wir konzentrierten uns ganz auf die langsamen Stücke, die folgen sollten. Ich war unglaublich nervös, Michele aber schien gelassen.

»Wir werden das Ding schon schaukeln«, sagte er und klopfte mir aufmunternd auf die Schulter. »Sieh nur, wie sie verstohlene Blicke zu uns herüberwerfen«, und er wies mit dem Kopf in die gegenüberliegende Ecke, wo die Zwillinge standen und sich etwas ins Ohr flüsterten.

Ich nippte an meiner Cola. Während des Tanzens wollte ich mich langsam an Loredana anschmiegen, so fest und nahe, dass sie gar nicht anders konnte, als am Schluss meinen sanften Kuss zu erwidern.

Rauch erfüllte den Raum, die grellen Scheinwerfer wurden gedimmt, noch immer ertönte rhythmische Discomusik aus den Boxen. Auch die Zwillinge tanzten nicht, entweder waren sie zu schüchtern oder sie mochten Gianna Nannini nicht. Aber die Gruppe auf der Tanzfläche wurde immer größer, und bald waren die Zwillinge, Michele und ich die einzigen, die nicht tanzten. Einen Moment lang fragte ich mich, ob wir unseren Coup nicht jetzt starten sollten. Die anderen waren am

Tanzen und mit sich selbst beschäftigt, und wir könnten mit einem Gespräch an der Bar die Basis für den Durchbruch legen. Aber ich verscheuchte den Gedanken wieder, denn jetzt wurde das Licht weiter gedämpft, das Grüppchen auf der Tanzfläche zersplitterte sich, und Ramona legte ein Stück von Fabrizio de André auf.

Fabrizio de André. Endlich langsame Musik. Das war der Moment, auf den ich seit Monaten hingefiebert hatte, vor Aufregung sprang mir fast das Herz aus der Brust. Ich suchte Loredanas Blick – sie schaute in meine Richtung, sah mich aber nicht an. Ich schluckte und gab mir einen Ruck. Mit zitternden Knien durchquerte ich den Raum, ging über die Tanzfläche, auf der sich die ersten Pärchen eng aneinandergeschmiegt drehten. Kurz bevor ich bei ihr angelangt war, roch ich ihr Parfum, das mich benebelte und betäubte. Ich war drauf und dran, auf der Stelle stehen zu bleiben, mich umzudrehen und mir an der Bar ein Getränk zu holen.

»Möchtest du mit mir tanzen?«, fragte ich Loredana, während ich sah, dass Michele und Elisabetta sich bereits auf der Tanzfläche drehten, steif und ohne die ungezwungene Ausgelassenheit anderer Pärchen.

Ihre rechte Hand umfing krampfhaft ein Glas San Pellegrino, die linke hatte sie in die Hosentasche gesteckt. Gebannt starrte ich auf ihre Finger und die Flüssigkeit, in der ein Eiswürfel schwamm und immer kleiner wurde.

»Nein«, sagte Loredana.

Ich konnte es nicht fassen. Ich glaubte, nicht richtig gehört zu haben.

»Nein?«

»Nein.«

Ich war erledigt. Alle Augen schienen auf mich gerichtet.

Ich umklammerte mein Cola-Glas, während die Ballade von Fabrizio de André langsam verklang und sich einige Pärchen lösten, andere auf der Tanzfläche verharrten, um das nächste Lied abzuwarten. Zu ihnen gehörten Michele und Elisabetta – Michele schien außer sich vor Glück.

Dann erklang eines meiner Lieblingsstücke von Ricchi e Poveri aus den Boxen. Vielleicht hatte mich Ramona beobachtet und wollte mich damit aufmuntern. Bei Michele hatte ich es schon so oft gehört, dass ich den Anfang auswendig kannte.

Da ging Giuseppe, der schlaksige Sohn eines Zahnarztes, zu Loredana und forderte sie zum Tanzen auf. Ihre Augen leuchteten, sie schmiegte sich an seine Schulter. Hals über Kopf stürzte ich aus dem Partyraum, rannte die Treppen hoch, stürmte auf mein Zimmer, knallte die Tür zu und warf mich aufs Bett. Ich stand unter Schock. Ich war so erschüttert, dass ich nicht einmal weinen konnte. Etwas in mir war erloschen. Umgedreht. In den Boden gerammt.

Vier Jahre, dachte ich immer wieder, vier Jahre, alles für die Katz, alles für die Katz! In den Sand gesetzt. Den Schlamm. Den Schlick. Merda! Und dieser verdammte Hurensohn mit seinem verfluchten Pickelgesicht! Mit Noemi wäre mir das nicht passiert. Nie. Ich warf mich in die Kissen. Von unten hörte ich Gelächter, fröhliches Geplauder und *Un gelato al limon.* Ich hörte, wie jemand an meine Tür klopfte. Aber ich machte nicht auf. Nie mehr würde ich aufmachen.

3

In den folgenden Sommerferien trieb ich von früh bis spät Sport. All meine Wut, meinen heiligen Zorn legte ich in meine Muskeln. Plötzlich war ich beim Laufen, beim Fußball, beim Rudern der Beste. Bei der »Regata Storica« gewann ich das Rennen der Junioren. Zum ersten Mal seit langer Zeit konnte ich richtig atmen, fühlte mich frei. Immer war ich das schwächliche, kränkliche Einzelkind gewesen, jetzt aber spürte ich zum ersten Mal meine Kraft. Niemand hatte mir etwas vorzuschreiben.

Auf einen Schlag wurde mir bewusst, dass ich jahrelang auf dem Holzweg gewesen war. Ich staunte, dass ich mich in ein Mädchen wie Loredana hatte verlieben können. Im Grunde sagte sie mir überhaupt nicht zu, sie reizte mich körperlich nicht, ganz zu schweigen vom Austausch, der von Anfang an mühsam gewesen war. All die Jahre hatte ich gelitten. Dennoch hatte ich mich völlig auf sie fixiert. Ich wunderte mich über mich selbst. Jetzt sah ich Dutzende von Mädchen, die mir körperlich weit verführerischer schienen und mir auch von ihrer Art her weit mehr zusagten. Aber ich hielt mich zurück.

Als die Schule nach den Ferien wieder losging, war ich über den Berg. Loredana interessierte mich nicht mehr. Ich beachtete sie kaum. Sie war mir egal, und auch ihre Schwester war mir egal.

Dass aus Michele und Elisabetta kein Paar wurde, bedauerte ich. Dass auch die Sache zwischen Loredana und Giuseppe versandete, erfüllte mich mit einer gewissen Genugtuung. Manchmal, wenn sich eine der beiden zu Wort meldete, erschienen sie mir derart hilflos, spröde und bieder, dass ich sie fast schon bedauerte.

Aber ich hatte andere Dinge im Kopf. Neben dem Sport las ich viel. Alles, was mir in die Hände fiel. Jede Woche ging ich in die Bibliothek und kam mit einem halben Dutzend Büchern zurück. Ich las die Novellen von Henry James, die Werke von Gozzi, Casanova, Mark Twain. Alles, was mit der Lagune zu tun hatte, aber auch Bücher über Amerika, Bildbände über New York, über Waschbären, über die Kojoten Kaliforniens oder die Sümpfe im Hudson Valley konnte ich kaum aus der Hand legen. Wenn ich in ihnen blätterte, lag ein leichter, süßer Vanilleduft in der Luft.

Und ich wuchs. Plötzlich war meine Meinung gefragt. Dass ich ein Einzelkind war, schien nun niemanden mehr zu interessieren. Hatte ich eben noch als egozentrisch, eigensinnig, altklug, wehleidig, verwöhnt und verzogen gegolten – typisch Einzelkind eben –, war das nun alles Schnee von gestern. Seit ich bei der »Regata Storica« gewonnen hatte und mit Bild auf der Frontseite des *Gazzettino* erschienen war, hatte man mit einem Mal Respekt vor mir. Aus dem alten Alvise hatte sich ein neuer entwickelt, und damit hatte sich auch mein Image verändert.

Noch immer hörte ich gern Musik. Nicht mehr Fabrizio de André oder Francesco de Gregori, sondern Lucio Dalla, Edoardo Bennato und Miles Davis. Um mir eine Stereoanlage kaufen zu können, arbeitete ich aushilfsweise in Pippos Gelateria. An freien Nachmittagen stand ich hinter der Theke, sorgte dafür, dass die weißen Kästen immer randvoll mit Fragola, Amarena oder Cocco waren, und drapierte das Eis zu kunstvollen Türmen. Aus den gewünschten Sorten formte ich mit dem Portionierer gleichmäßig große Kugeln, füllte sie in ein Waffelhorn oder einen Becher, reichte sie über die Theke, legte die Scheine in die Kasse und wünschte mit dem Wechselgeld einen schönen Tag.

Allein schon die Farben der verschiedenen Eissorten machten mir gute Laune: Himbeerrosa, Vanillegelb, Pistaziengrün, Schokoladenbraun. Zauberhaft die Struktur der Kristalle an der Oberfläche des Eises. Und erst die Düfte! Die warmen Aromen von Caramelita und Walnuss, das Exotische von Mango, Passionsfrucht und Ananas.

So, wie ein Zahnarzt langsam depressiv wird, weil ein großer Teil seiner Patienten ängstlich und kummervoll auf ihn wartet, so profitierte ich umgekehrt davon, dass die meisten, die zur Gelateria kamen, guter Dinge waren: Die Vorfreude auf das Eis, der Genuss des Leckens, der Geschmack auf der Zunge, die Süße, die Kühle, der Schmelz, all das trug zu einem Hauch *dolce vita* bei. Natürlich gab es manchmal Ärger mit Waffeln, die zu Boden fielen, mit Eis, das auf Kleider tropfte, oder mit Touristen, die nicht verstehen wollten, dass Limone Limone war. Aber im Großen und Ganzen lag über der Tätigkeit selbst im Winter so etwas wie sommerliche Heiterkeit.

Wenn nichts lief, schaute ich Pippo über die Schulter, wie er im Hinterraum das Gelato herstellte. Die genauen Rezepturen waren geheim, und als ich meinen Job antrat, musste ich ihm bei der Madonna dell'Orto versprechen, nie etwas über die Zubereitung zu verraten. Die Zutaten kochte er auf neunzig Grad hoch, um sie dann zu filtern und auf vier Grad abzukühlen. Die Masse ließ er wie einen Käse einen Tag lang reifen, bevor er die natürlichen Aromen zusetzte. Dann kam die Mischung in eine Maschine, die dem Ganzen Luft zufügte.

»Schreib dir's hinter die Ohren, Alvise«, pflegte er zu sagen, wenn er an der Eismaschine hantierte, »das Geheimnis guter Gelati liegt in der Luft, und die richtige Menge Luft ist eine Sache des Gefühls.«

Und das hatte er – sein Gelato war von köstlicher Luftigkeit. Das Geschäft lief prächtig. Mein Verdienst war allerdings mäßig, und es dauerte eine ganze Weile, bis ich mir die ersehnte Stereoanlage kaufen konnte. Immerhin hatte ich meinen ersten Job, und ich war stolz auf mein selbst verdientes Geld. Außerdem war Pippos Gelateria ein Treffpunkt vieler unterschiedlicher Leute. Venezianer, Touristen, Menschen aus allen Schichten und Altersklassen. Auch Mädchen, jede Menge Mädchen. Doch ich war zurückhaltend. Die Geschichte mit Loredana lag mir noch auf dem Magen.

Dann lernte ich Charlotte kennen. Charlotte war Engländerin, lebte aber mit ihren Eltern seit Jahren in Venedig. Sie sprach perfekt Venezianisch, hatte lange blonde Haare und ein hübsches Gesicht. Sie war das Gift, das jeden Siebzehnjährigen umwirft.

Einige Male war sie zur Gelateria gekommen, ohne mich zu beachten. Immer schien sie in Eile und leicht zerstreut oder nervös, als wäre sie unter Zeitdruck und hätte ganz wichtige Geschäfte zu erledigen. Zugleich aber meinte ich in ihren Augen etwas Einsames auszumachen, etwas, dem sie mit aller Kraft zu entfliehen suchte.

Eines Tages, als sie eine Waffel mit Pistacchio und Cocco wollte, schenkte ich ihr das Eis, und da sah sie mich zum ersten Mal an. Wir kamen ins Gespräch, und es stellte sich heraus, dass sie aus Bath im Südwesten Englands kam. Sie sagte, sie kenne mich von irgendwoher, könne mich aber nicht einordnen. Seit ich in der Gelateria arbeitete, kam es öfter vor, dass Kunden glaubten, sie kennten mich, selbst wenn ich diese Leute noch nie gesehen hatte. Ich erwähnte die Geschichte mit der »Regata Storica« und dem *Gazzettino,* aber das hatte Charlotte nicht mitbekommen. Rudern interessierte sie nicht. Sport interessiere sie überhaupt nicht, sagte sie, nicht einmal *Calcio.* Dass ich sie schon oft gesehen hatte, behielt ich für mich. Bevor ihr Eis verlief, verabredeten wir uns für den nächsten Abend.

Wir trafen uns in der Cupido Bar bei den Fondamente Nuove und tranken dort einen Campari. Ich hatte eine Rose mitgebracht. Charlotte gefiel sie. Sie redete in einem fort. Erst über die Antiquitäten, die sie für ein Auktionshaus katalogisierte, irgendwelche alten Schinken aus dem Settecento, dann über ihre schwierige Mutter und schließlich über ihre noch schwierigeren Schwestern. Sie beneidete mich, weil ich ein Einzelkind war.

»Dann kannst du wenigstens tun und lassen, was du willst«, sagte sie. Immer hatte sie Ärger mit der Familie, und nichts hasste sie mehr, als wenn ihre Verwandten zu Besuch kamen, um sich den Bauch vollzuschlagen, und sie mit ihren Geschwistern stundenlang am Tisch sitzen musste.

Ich sagte nicht viel. Ihr Redeschwall hatte mich verstummen lassen. Aber im Grunde spielte es keine Rolle, ob sie viel redete oder nicht, und was sie von sich gab. Ich wollte, ich musste mit Charlotte ins Bett. Sie war die Frau, die mich zum Mann machen sollte. Ich war bezaubert, begeistert, hingerissen. Und doch mischte sich in diesen Zauber auch etwas, was mich hemmte.

Auf dem Weg zur Vaporetto-Station konnte ich kaum gehen, so groß war meine Lust. Ich fürchtete, Charlotte würde meinen seltsamen Gang bemerken. Als wir auf der schwimmenden Plattform nebeneinander saßen und auf das Vaporetto warteten, das sie nach Hause bringen sollte, spürte ich ihren Atem, ihren Duft, und plötzlich lagen wir uns in den Armen. Während wir uns küssten, gierte und ächzte die Plattform. Es war Sturm angesagt, *mare mosso*, und der starke Wellengang schaukelte uns ganz schön hin und her. Ich konnte nicht genug bekommen von ihr.

Die Anlegestelle war allerdings nicht der geeignete Ort, um zu schmusen. Ständig stiegen Leute ein oder aus und warfen uns Blicke zu. Wo sollten wir hin? Zu mir konnten wir nicht, wegen der neuen Stereoanlage lag ich im Clinch mit meinem Vater. Zu ihr konnten wir auch nicht, ihr Vater duldete keine Verehrer im Haus. Ein Auto hatten wir nicht.

Ich überlegte. Richtung San Alvise war es bisweilen sehr ruhig, vielleicht fanden wir dort eine Nische am Ende einer einsamen Gasse, einen stillen Innenhof, einen verträumten Schlupfwinkel ohne Licht von Laternen. Mit dem Vaporetto fuhren wir nach San Alvise und spazierten eng umschlungen durch die Gassen, auf der Suche nach einem ruhigen, sicheren Plätzchen. In einem düsteren Sottoportego, einer Laube unter den Häusern, meinten wir es gefunden zu haben. Auf einer kleinen Steinbank hatten wir es uns gerade so richtig bequem gemacht, als unvermittelt Passanten auftauchten. Da sich das Ganze Minuten später wiederholte, suchten wir das Weite und irrten wieder durch die Calli.

Am Ende einer engen Sackgasse fanden wir schließlich in einem Hauseingang eine Nische, und wir hatten schon die Knöpfe unserer Kleider aufgemacht, als irgendwo in einem oberen Stockwerk die Jalousie hochgezogen wurde, ein Fenster aufging und eine zornige Alte mit einem schwarzen Netz auf dem Kopf uns aufs Übelste beschimpfte. Da sie nicht aufhören wollte zu zetern, Nachbarn weckte und bei der Heiligen Apollonia mit der Polizei drohte, flüchteten wir erneut.

Zu guter Letzt versuchten wir es auf einem verlassenen Lastkahn, der auf einem verschlafenen Rio vertaut war. Es war etwas feucht, nicht gerade gemütlich. Wir setzten uns hin und kuschelten uns eng aneinander. Ich öffnete ihre Bluse, sie mein Hemd. Entblößt saßen wir da, als direkt neben uns ein Boot mit grellen Scheinwerfern und dröhnender Stereoanlage anhielt. Da die Scheinwerfer uns anstrahlten, fuhr Charlotte wütend hoch und warf eine Plastikflasche in Richtung der ungebetenen Voyeure, die lachend und mit aufheulendem Motor davonbrausten.

Die Stimmung war verdorben. Ob der Abend noch zu retten war? Ich schlug vor, zum Lido hinüberzufahren. Dort am Strand standen die leeren Kabinen der großen Badeanstalten. In einem dieser Häuschen hätten wir unsere Ruhe. Aber Charlotte schüttelte bloß den Kopf.

»Ich kenne das Gelände. Nachts drehen dort Wachmänner mit Taschenlampen ihre Runden.«

Offenbar hatte sie Erfahrung und kannte sich aus. Das machte sie in meinen Augen noch attraktiver. Als sie eine Zigarette geraucht und sich ein wenig beruhigt hatte, meinte sie, wir sollten zu ihr gehen. Diesen Stress unter freiem Himmel halte sie einfach nicht aus.

»Und dein Vater?«, fragte ich.

»Ach, wird schon irgendwie gehen«, sagte sie. »Du kommst nicht durch die Gasse, sondern mit dem Boot. Von der Anlegestelle vor unserem Haus kletterst du in mein Zimmer, das gleich darüber liegt. So musst du nicht durch die Wohnung, und niemand merkt, dass du überhaupt da bist.«

Die Sache war mir nicht geheuer. Aber da ich ihr am liebsten die Kleider vom Leib gerissen hätte, willigte ich ein. Vielleicht hatte mir das Schicksal diese Hindernisse in den Weg gestellt, damit ich sie überwand. Vielleicht war das alles nötig, um ein Mann zu werden.

Wir gingen zu dem leicht heruntergekommenen Palazzo, den sie mit ihren Eltern bewohnte. Von einer Gasse auf der anderen Seite des Kanals zeigte sie mir die Anlegestelle und ihr Fenster. Ich prägte mir alles genau ein. Sie verschwand, um von hinten in den Palazzo zu gelangen, und ich borgte mir ein altes Holzboot, das ich am Morgen wieder zurückbringen wollte. Vorsichtig paddelte ich zur Anlegestelle, machte das Boot fest, kletterte über den Pfahl und ein Gitter zu ihrem Fenster hoch, wo sie mir ihre Hände entgegenstreckte, um mich ins Zimmer zu ziehen. Zusammen fielen wir auf den schweren alten Teppich. Wie ein Knäuel lagen wir da und küssten uns. Rundum hatte sie Kerzen angezündet, Flammen flackerten, rauchten und erinnerten an Weihnachten oder eine Kirche. Ein Tempel, ein Wallfahrtsort für Sex, dachte ich. Als ich etwas sagen wollte, hielt sie mir den Zeigefinger vor den Mund und schärfte mir ein, nicht zu sprechen, es wäre der Teufel los, wenn ihr Vater etwas merkte. Wir dürften höchstens flüstern. Auf keinen Fall dürfe ich ins Bad auf die Toilette, die neben dem Schlafzimmer der Eltern liege.

Mit dem Schweigen oder Flüstern konnte ich leben. Das Kloverbot hingegen war problematisch. Ich wusste, dass ich mindestens einmal in der Nacht auf die Toilette musste. Aber fürs Erste war ich froh, bei ihr zu sein. Wie Mondsüchtige tanzten wir im Schein der Kerzen durch das Zimmer, taumelten über den Teppich, stolperten über rosarote Plüschtiere, während draußen der Scirocco tobte. Nach einer Weile machten wir es uns in einem blauen Polstersessel bequem. Als ich unter ihrer Bluse ihre Brust fühlte, konnte ich meine Erregung kaum mehr aushalten.

Nachdem es im Sessel etwas unbequem geworden war, wechselten wir auf ihr altes französisches Bett. Sie zog mich aus, ich zog sie aus. Sie mochte es, wenn ich sie überall küsste, liebkoste, streichelte. Ich hielt sie, drückte sie ganz fest an mich. Ich konnte es kaum erwarten, mit ihr zu schlafen. Mein Glied war so hart, dass es schmerzte. Aber als ich auf ihr lag, machte sie plötzlich ein sehr ernstes Gesicht.

»Hör mal, Alvise, ich mag dich wirklich sehr, aber wir müssen nichts überstürzen, ja?«

»Nichts überstürzen?«

»Nein.«

»Was meinst du?«

»Das, was ich sage.«

Ich schluckte.

»Es ist nicht, dass ich es nicht möchte, aber ich habe gerade den Eisprung und keine Lust, schwanger zu werden, verstehst du?«

Benommen lag ich da und nickte. Natürlich verstand ich. Ich war der, der immer verstand. Schon immer hatte ich immer alle verstanden. Aber vielleicht hatte sie ja recht. Wir mussten nichts überstürzen. Am ersten Abend gleich im Bett zu landen war ein bisschen schnell. Und es machte mich auch glücklich, sie zu halten und ihre Wärme zu spüren.

Eng umschlungen lagen wir da. Nach einer Weile schlief sie ein. Sie schien wilde Träume zu haben, gab Laute von sich, die ich nicht verstehen konnte. Es klang weder nach Italienisch noch Englisch. Schließlich beruhigte sie sich. Dann fing sie an, leise zu schnarchen.

Ich war hellwach. Alles Mögliche ging mir durch den Kopf. Das Gelato, mit dem alles begonnen hatte. Das zarte Rosa ihrer Brustwarzen. Der Zeitpunkt ihres Eisprungs.

Und ich dachte an den Morgen. Ihr Vater stehe immer um sechs auf, hatte sie gesagt. Das bedeutete, dass ich mich in aller Herrgottsfrühe aus dem Staub machen musste. Ich durfte auf keinen Fall einschlafen. Wenn ihr Vater mich erwischte, war die Hölle los. Ich fragte mich, ob das Boot der Belastung standhielt, wenn ich hineinsprang. Oder ob es kenterte und ich sang- und klanglos unterginge.

Ich spürte Charlottes weichen, warmen Körper. Ich spürte meine Lust, meine Blase. Es war nicht zum Aushalten. Der wahnsinnige Druck ließ mich fast platzen. Ich zählte die Sekunden, schaute mich nach Topfpflanzen um, einer Yucca-Palme oder einem Asparagus, aber sie hatte nichts dergleichen. Und ich konnte nicht einfach aus dem Fenster pinkeln. In meiner Verzweiflung bat ich die Madonna dell'Orto, mich zu erlösen.

Ich weiß nicht, wie ich es bis zum Morgen schaffte. Irgendwann schaute ich auf die Uhr. Halb sechs. Draußen dämmerte es. Der Sturm hatte sich gelegt. Vorsichtig schlüpfte ich aus dem Bett und streifte meine Kleider über. Dann strich ich Charlotte übers Haar und küsste sie auf die Stirn. Ganz still lag sie da, schlummerte friedlich, süß wie ein Säugling. Als ich sie so sah, schien es mir unmöglich, dass sie geschnarcht hatte.

Halb betäubt vom Druck in mir schleppte ich mich zum Fenster und kletterte auf den Sims. Sollte ich da wirklich hinunterspringen? Was, wenn ich das Ziel verfehlte? Wenn ich im Wasser landete? Auf dem Kanal sah ich die ersten Lastkähne, vollgepackt mit Honig- und Wassermelonen. Fischer fuhren mit ihrem Fang zur Pescheria. Irgendeine Glocke schlug viertel vor sechs. Eine Taube flatterte auf. Im Palazzo rauschte die Spülung. Ich sprang.

4

Zwei Monate lang hatte Charlotte den Eisprung. Trotzdem war ich glücklich. Ich hatte eine Freundin, sie war bezaubernd und gab mir alles, was sie geben konnte. Auch wenn wir noch nicht ganz so weit waren, wie ich mir das vorgestellt hatte, waren wir doch auf dem richtigen Weg. Wir unterhielten uns ganz gut. Natürlich redete sie ein bisschen viel, und der Austausch war nicht so tief, nicht so poetisch wie der mit Noemi. Mit Noemi hatte ich auch schweigen können, und es war in Ordnung gewesen. Sie hatte mich verstanden, ohne dass wir sprachen. Doch Charlotte war nicht Noemi. Mit Charlotte durfte man weder schweigen noch still sitzen, es musste gesprochen werden, es musste etwas laufen. Aber Charlotte war da, sie war aus Fleisch und Blut und nicht irgendwo jenseits des Atlantik. Ich mochte ihren britischen Humor, ihre unkonventionelle Art, ihre seltsamen Ticks. Ich mochte ihre Schlagfertigkeit und ihre Schlauheit. Ich war ganz einfach verknallt in sie.

Deshalb traf es mich umso mehr, als sie mich nach zwei Monaten das erste Mal versetzte. Wir hatten uns wie immer in der Cupido Bar verabredet. Ich wartete und wartete, trank einen Spritz, las die Zeitung, beobachtete die Leute, ging nach draußen und wieder hinein, aber sie tauchte einfach nicht auf. Ich zahlte, suchte eine Telefonzelle und rief sie an. Ihre Mutter kam an den Apparat. Ich fragte sie, ob ich mit Charlotte sprechen könne.

»Sie ist leider nicht zu Hause«, sagte ihre Mutter mit einem starken Akzent, um nach einer Pause anzufügen: »Sie ist bei ihrem Boyfriend.«

Ich wollte gerade antworten, dass sie eben nicht bei ihrem Boyfriend sei, als sie fortfuhr: »Bei Gaetano.«

»Gaetano?«, fragte ich verdutzt.

»Ja. Tut mir leid. Kann ich ihr etwas ausrichten? Hallo, sind Sie noch da?«

Gaetano, bei ihrem Boyfriend Gaetano. Das alles musste ein Missverständnis sein. Wortlos hängte ich ein und taumelte die Fondamente Nuove entlang. Ohne zu überlegen, nahm ich das nächstbeste Vaporetto und fuhr planlos in die Lagune hinaus. Von Punta Sabbioni aus versuchte ich mehrere Male anzurufen, aber es war immer besetzt. Später versuchte ich es von Burano aus, von Mazzorbo, Murano, San Michele. Ohne Erfolg.

In den folgenden Tagen war Charlotte nicht zu erreichen, und ich hatte in der Schule und in der Gelateria so viel zu tun, dass ich nicht vor ihrem Palazzo herumhängen konnte. Die Ungewissheit oder vielmehr die Gewissheit, dass es einen anderen gab, schlugen mir auf die Seele. Ich hatte vier Nächte lang kein Auge zugetan, als sie endlich anrief.

Sie entschuldigte sich, dass sie sich so lange nicht gemeldet habe. Als ich sie fragte, was los sei, zögerte sie einen Augenblick, rückte dann aber mit der Sprache heraus. Die ganze Zeit über hatte sie noch ein Verhältnis mit Gaetano, einem Studenten der Kunstakademie, gehabt. An den Tagen, an denen sie mich nicht getroffen hatte, war sie mit Gaetano zusammen gewesen und umgekehrt; das alles sei ihr aber über den Kopf gewachsen, und da sie auch noch einen Typen kennengelernt habe, der mit Lampen verliebte Tintenfische anlocke, könne es so nicht mehr weitergehen. Es gebe auch Grenzen. Ich solle nicht grollen, wir hätten eine gute Zeit miteinander verbracht, aber nicht wirklich zusammengepasst. Zum Schluss wünschte sie, dass wir Freunde bleiben sollten.

Ich weiß nicht mehr, was ich erwiderte. Das Ganze war ein K.o.-Schlag. Ein Messerstich ins Herz. Ich war vom Regen in die Traufe geraten. Ich konnte es nicht fassen. Verliebte Tintenfische! Ich konnte mich kaum beruhigen. Dass ich nichts gemerkt hatte! Ich konnte nicht verstehen, dass sie mich so hintergangen hatte. Ich wollte nichts mehr mit ihr zu tun haben. Ich wollte sie nie mehr sehen.

In den folgenden Wochen und Monaten war ich traurig, deprimiert, niedergeschlagen. Selbst der Job bei Pippo, den ich immer so geliebt hatte, ödete mich an. Ich lebte nicht mehr, ich vegetierte dahin. Mit Müh und Not schleppte ich mich durch die Tage.

Kam ein Mädchen zur Gelateria, das sich nach neuen Sorten erkundigte und mit einem Lächeln auf den Lippen ein wenig flirten wollte, warf ich einen Blick über die Theke wie der Typ mit der Axt in Kubricks *Shining*. Natürlich ging es mir nicht gut dabei, und ich wusste, dass ich wegen Charlotte nicht halb Venedig auf den Mond schießen konnte.

Aber das Leben ging weiter. Und die Schule auch. Die Reifeprüfung stand bevor. Im Prinzip hatte mir das Lernen nie Mühe bereitet. Jetzt aber war ich in einem erbärmlichen Zustand, mein Selbstvertrauen unter null.

Das Lernen gab mir Halt, auch wenn ich mich fragte, was mir die Beschäftigung mit Vektoren bringen konnte. Was ich davon hatte, wenn ich wusste, wie sich ein Spulwurm fortpflanzte. Was das lateinische Futurum zwei mit meinem Leben zu tun hatte.

Je besser ich den Stoff beherrschte, desto mehr baute mich das Lernen auf. Nach und nach erlangte ich mein Selbstvertrauen wieder und ging ganz in den gestellten Aufgaben auf. Ich nahm das Examen sportlich, und schon während der Prüfungen merkte ich, dass es nicht schlecht lief. Die alte Leichtigkeit war wieder da, zumindest im Kopf.

Eine Woche vor Abschluss des Schuljahrs erfuhren wir, dass alle durchgekommen waren. Die Anspannung im Klassenzimmer löste sich auf einen Schlag, wich ausgelassenem Jubel und großer Erleichterung. In der Pause war die Hölle los. Schwämme flogen durchs Zimmer, Etuis wurden aus dem Fenster geworfen, Hefte zerrissen. Michele griff zur Gitarre und sang *Azzuro*, einige tanzten durch die Gänge, andere kifften auf den Toiletten. In dieser überbordenden Stimmung stürzten sich auf ein Zeichen von Pietro hin mehrere Jungen auf mich, zerrten an meinen Armen und Beinen, an der Taille, an den Schultern, überall, und ich versuchte mich zu wehren, mit aller Kraft wehrte ich mich gegen die Angreifer, ich brüllte und schrie und wand mich, aber von allen Seiten griffen Hände nach mir, als wäre eine ferne Erinnerung in diesen Händen, und die wilde Meute grölte und johlte, ließ nicht von mir ab, »der Papierkorb! der Papierkorb!«, schrie Pietro, der Anführer der Meute, der mich mit seinen hundert Kilo fest unter den

Armen gepackt und geklammert hatte, während sich immer mehr um die Szene versammelten, um zu sehen, wie ich in der Luft zappelte, ausschlug, mich loszureißen suchte, um gleich wieder von neuen Händen an anderen Stellen gezerrt und in den Würgegriff genommen zu werden, und ich wusste, der Kampf war aussichtslos, nie würde ich gegen diese vielarmige Übermacht eine Chance haben, gegen diese Krake, die mich von allen Seiten umfasste, trotzdem versetzte ich Tritte, so gut es ging, befreite mich an den Füßen, um gleich von Neuem gepackt zu werden, und tatsächlich brachte Giuseppe jetzt den Papierkorb herbei, wie Pietro gefordert hatte, einen großen grauen Papierkorb aus Plastik, in dem Apfelbutzen und Blätter und Kaugummis lagen, und die Meute versuchte, mich mit dem Hintern voran in diesen Papierkorb zu zwängen, wogegen ich mich mit aller Kraft sträubte, auf einer Seite konnte ich für einen Moment ausreißen, aber schon waren wieder Hände da, die nichts anderes im Sinn hatten, als mich zu packen und zu stoßen, man musste mich neu fassen, »hinein mit ihm! hinein mit ihm!«, brüllte Pietro, ein Augenblick der Unachtsamkeit, und es gelang mir ein Faustschlag, der Giuseppe ins Gesicht traf, mitten ins Gesicht, ein Schrei, Fluchen, Blut, einzelne wichen zurück, aber nur einen Moment, und die Meute wurde noch rasender, dafür sollte ich büßen, noch mehr Hände fassten nun meinen Körper, und obwohl ich meine letzte Kraft aufbot, gelang es mir nicht, mich zu befreien, sie davon abzuhalten, mich mit dem Hintern voran in den Papierkorb hineinzustoßen, bis ich wie ein Klappmesser drinsteckte, zusammengequetscht, mit den Füßen und dem Kopf über dem Rand, dem Rest im Korb, unfähig, mich auch nur einen Zentimeter zu bewegen. Ich war auf eine Weise in den Papierkorb gepresst, dass ich ihn ganz ausfüllte und fast sprengte, aber er hielt dem Druck stand und umfasste mich, wie ein Gefangener in einer Tonne steckte ich im Korb, so eingeklemmt, dass ich kaum atmen konnte, »aufhören! aufhören!«, wollte ich schreien, aber ich hatte keine Luft, kein Laut kam mir über die Lippen, ich meinte zu ersticken, während die Menge um mich herum immer lauter grölte und mich wie eine Trophäe oder einen Außerirdischen anstarrte, wie gelähmt steckte ich in diesem Korb, jeder Atemzug eine Qual, jeder Versuch einer Bewegung vergebens. Ich hatte keine Chance, ohne fremde Hilfe kam ich nicht mehr aus meinem Gefängnis heraus, aber die Meute wollte noch mehr, sie wollte die Sache noch weitertreiben, und während draußen die Glocke schellte, um die nächste Stunde anzukündigen, brüllte Pietro plötzlich, »aufs Lehrerpult! aufs Lehrerpult!«, und starke Hände hoben mich nun im Korb in die Höhe, trugen mich nach vorne ins Zimmer auf das Lehrerpult, wo man mich ächzend abstellte und in Richtung der Klasse drehte, so dass ich dem in Kürze eintretenden Lehrer genau ins Gesicht blicken würde. »Sant'Alvise! Sant'Alvise! unser geliebter Sant'Alvise!«, tönte es nun durchs Klassenzimmer, als wäre *ich* der Schutzpatron der studierenden Jugend und nicht jener Jesuit aus Gonzaga, der Kranke pflegte und dann daran starb, es war ein Grölen und Jaulen und Lachen, dass ich mir, hätte ich es gekonnt, die Ohren zugehalten hätte, und das Spotten und Necken aus den Bänken wollte nicht aufhören, »unser liebster, herrlichster Alvise! Santo! Santo! Alvise! Alvise! Weise! Weise!«, und ich schloss die Augen, um nicht in fünfundzwanzig höhnische Augenpaare blicken zu müssen, und versuchte Luft zu schöpfen. Wäre alles nicht so schmerzhaft und peinlich gewesen, hätte ich vielleicht auch darüber gelacht, ich spürte, auch wenn es zum Weinen war, ein ersticktes, grimmiges Lachen in mir, das nicht wirklich zu mir gehörte, während alle lachten und nicht aufhören wollten zu lachen und meinen

Namen zu verspotten, bis der Vorposten ins Klassenzimmer hereinstürmte und mit energischem Klatschen und dem Zeigefinger vor dem Mund den Englischlehrer ankündigte, worauf ein Raunen und Zischen durch die Klasse ging und es mit einem Schlag mucksmäuschenstill wurde. Die Tür ging auf, Professor Zennaro trat ahnungslos ins Zimmer, erblickte mich auf seinem Pult und zuckte zusammen. Die Klasse tobte.

5

Frühmorgens fuhren wir zum Bahnhof Santa Lucia – es war gegen sechs, und die Wolken am Himmel glühten rosarot. Beißende Kälte kam uns entgegen, der Wind schnitt hart ins Gesicht und ließ die Kleider flattern. Ich war in eine warme Jacke gehüllt, und mein Vater hatte sich eine Pelerine übergezogen. Er fuhr mich zur Stazione, damit ich den Frühzug nach Treviso erreichte. In der dortigen Kaserne war ich zur Aushebung aufgeboten.

Da mein Vater frei hatte, ließ er es sich nicht nehmen, mich selbst zum Bahnhof zu bringen. Als Kind hatte ich von ihm viele Male Geschichten aus seiner Dienstzeit zu hören bekommen, Geschichten von Abenteuern und Kameradschaft, von Auflehnung gegen stupide Offiziere, von Witz und Gewitztheit in Schützengräben oder auf irgendwelchen Ziegenpfaden. Ich hatte diese Geschichten so oft gehört, dass ich sie in- und auswendig kannte. Sie waren gut erzählt, trotzdem vermochten sie mich nie für das Militär zu begeistern. Die Gerüche, die Freunde bei ihrem Urlaub vom Dienst mit nach Hause brachten, diese Gerüche nach Schweiß und Patronen, stießen mich ab. Allein von den Gerüchen her wusste ich, dass das Militär nicht meine Welt war. Und ich konnte mir auch nicht vorstellen, auf Menschen zu schießen. Für meinen Vater war der Militärdienst etwas Großes, Hehres, Feierliches, er hatte ihn mit Enthusiasmus geleistet und war stolz, dass ich nun in seine Fußstapfen und in die Welt der Männer eintreten würde. Er hatte mich in den Tagen zuvor reichlich mit Tipps eingedeckt, mir probeweise seine Marschschuhe geliehen, damit ich mich an sie gewöhnen könne, und mit wehmütigen Augen von der Suppe aus der Gamelle, vom Schlafen auf Stroh und vom nächtlichen Rauchen in einsamen Wachstuben erzählt. Er war noch aufgeregter als ich, wenn das möglich war. Ich hielt mich fest an den harten Planken, hatte eine Decke über die Knie gezogen und hörte ihm nur mit halbem Herzen zu.

Pippo hatte mich genau instruiert. Seine Berichte von pedantischen Inspektionen, von Stumpfsinn, blindem Gehorsam und Ritualen permanenter Devotion schienen mir stimmiger und deckten sich mit dem, was ich von Freunden erfahren hatte. Man werde von früh bis spät schikaniert. Zudem war im *Gazzettino* gerade ein Artikel über einen Fallschirmjäger erschienen, der in der Kaserne Gamarra zu Tode geschunden worden war. Auch der Fall eines Rekruten aus Padua, der auf einem Marsch an inneren Blutungen gestorben war, weil der Capitano seine Schwäche nicht ernst genommen hatte, war mir noch im Gedächtnis.

Deshalb hatte ich ein Zeugnis von meinem Hausarzt, Dottore Bellocchi, dabei, das mir ein Magengeschwür bescheinigte, das sich unter Stress bemerkbar mache, so dass er dringend vom Dienst abriet. Im Stillen ging ich immer wieder die Sätze durch, die ich zu sagen hatte – dass ich bei einer Übung weder für mich noch für andere Verantwortung übernehmen könne. Dass ich bei meinem Zustand für nichts garantieren könne. Dass es unter Druck gefährlich werden könne. Ich war nervös und fragte mich, ob man mir das abnahm. Oder ob sie eine Magenspiegelung verordneten. Wir näherten uns der Kirche von San Marcuola, gegenüber tauchte bereits die Fondaco dei Turchi auf.

Angespannt glitten wir im Boot durchs Wasser, mein Vater aufgekratzt, ich stumm. Beide fieberten wir dem Kommenden entgegen, unsere Hoffnungen ganz und gar entgegengesetzt. Mein Vater fragte voller Sorge, ob ich alles dabei habe, Aufgebot, Identitätskarte, Impfausweis. Ich glaube, er hätte sich am liebsten selbst gestellt. Es war unmöglich, ihn in meine Pläne einzuweihen.

Vom Rio di San Marcuola bogen wir in den Canal Grande ein. Es herrschte reger Verkehr. Eine Reihe von Booten und Schleppkähnen tuckerte uns entgegen, Fischkutter, Gondeln mit Gemüse, Barkassen voller Melonen. Die Melonen erinnerten mich an Charlotte, aber diese Erinnerung half jetzt nichts.

Schließlich erreichten wir die Stazione Santa Lucia. Mein Vater manövrierte das Boot in die schmale Lücke zwischen zwei gestreiften Pfählen, so dass es leicht tanzend den Steg berührte. Ich erhob mich, sprang heraus und verabschiedete mich. Er wünschte mir viel Glück, stimmte *La biondina in gondoletta* an und fuhr singend Richtung Cannaregio zurück. Weil ich zu früh war, schaute ich ihm noch eine Weile nach, bis er hinter der Scalzi-Brücke verschwunden war.

In der Kaserne von Treviso wurde ich von Militärärzten auf Herz und Nieren geprüft – der Körper wurde vermessen, gewogen, geröntgt. Der Blutdruck wurde kontrolliert, die Zunge betrachtet, das Gehör begutachtet, die Sehschärfe getestet. Als ich nach Krankheiten befragt wurde, händigte ich mein Zeugnis aus und sagte die Sätze, die ich auswendig gelernt hatte. Das Gremium betrachtete mich skeptisch. Ein Dutzend Augen starrten mich argwöhnisch an. Und man stellte Fragen. Wie lange ich das Geschwür schon habe. Wie es sich bemerkbar mache. Wie es behandelt werde. Kalter Schweiß rann mir über die Stirn. Ich spielte meine Rolle, so gut ich konnte. Ich wusste, dass ich ein schlechter Schauspieler war. Aber wenn ich einmal im Leben ein guter sein musste, dann jetzt.

»Sind Sie vielleicht ein Einzelkind?«, wollte plötzlich einer aus dem Gremium wissen.

»Ja«, sagte ich verwundert.

»Aha.«

Der Arzt schaute mich eine Zeit lang an. Dann nickte er seinen Kollegen zu. Die Frage und die Reaktion ärgerten mich.

»Spielt das eine Rolle?«, fragte ich.

»Die Fragen stellen wir«, wies mich der Arzt zurecht. »Sie haben nur zu sprechen, wenn Sie gefragt werden.«

Die Köpfe wurden zusammengesteckt, die Runde besprach sich, ich hörte die Doktoren tuscheln und hin und her erwägen. Man werde ein Dossier über mich anlegen, hieß es schließlich. Ob ich überzeugt hatte, ging daraus nicht hervor.

Danach hatte ich einen langen Fragebogen mit Fragen zu Ausbildung, Interessen und Zielen auszufüllen. Dabei war auch eine Geschichte zu Ende zu schreiben, die mit dem Satz »Zwei Carabinieri sind nachts auf Patrouille und hören ein seltsames Rascheln« begann. Das sollte ein psychologischer Test sein. Da ich immer gerne geschrieben hatte, fand ich zumindest an dieser Aufgabe Gefallen. Ich schrieb, dass die zwei Carabinieri mit ihren Taschenlampen in ein Gebüsch leuchteten und darin zu ihrer Überraschung den Aushebungsoffizier Morosini fanden, der sich nach einem Streit mit seiner Frau in den Park geflüchtet hatte, um sich dort zu verstecken. Ich weiß nicht, was ich mir dabei gedacht habe, wahrscheinlich nichts. Auf jeden Fall wurde ich wenig später in das Büro von Colonnello Morosini zitiert, der das Oberkommando innehatte und die Aushebung leitete.

Colonnello Morosini hatte kurz geschorenes Haar, trug einen Schnurrbart und sehr schnittige Hosen. Er war nicht besonders groß. Am Hals hatte er eine Narbe, die von einer Verbrennung herrühren mochte. An seiner Uniform prangten Abzeichen.

Er betrachtete mich, als sei ich ein äußerst exotischer, äußerst giftiger Tropenfrosch. Ich wollte etwas sagen, aber seine Adjutanten gaben mir Zeichen, unbedingt zu schweigen. Zwei, drei Minuten lang ging er stumm um mich herum und musterte mich von allen Seiten, als wäre ich eine Schaufensterpuppe.

»Was bilden Sie sich eigentlich ein?«, herrschte er mich plötzlich an.

Ich war völlig überrumpelt.

»Haben Sie etwas gegen mich?«

Ich wollte etwas erwidern, aber er ließ mich nicht zu Wort kommen, weil die Antwort offenbar auf der Hand lag, und fuhr gleich fort, dass er in den zwanzig Jahren, da er diese Aushebungen leite, noch nie einen solchen Skandal erlebt habe.

»Was für eine schmutzige Fantasie!«, rief er aus und schüttelte immer wieder den Kopf. Er konnte es nicht fassen. Ein solches Zeugnis und eine solche Verkommenheit. Offensichtlich hätte ich in der Schule das Wichtigste nicht gelernt. In der Armee würde ich es noch lernen. Ich verfluchte meine Fantasie. Auf der anderen Seite würde der Colonnello nichts ausrichten können, wenn mich die Ärzte für untauglich erklärten.

»Als Wächterin der Demokratie ist die Armee die wahre Schule der Nation – merken Sie sich das!«

Ich hätte gerne gefragt, ob es nicht paradox sei, dass ausgerechnet eine so undemokratische Institution wie die Armee die Demokratie verteidigen wolle. Aber ich durfte meine Lage nicht noch weiter verschlechtern. Hier war nicht der Ort, an dem man Fragen stellte.

»Der Soldat ist ein Mann, der sein Leben ohne zu zögern fürs Vaterland opfert. Das ist kein Spiel, das ist blutiger Ernst!«

Sein Rasierwasser stach mir in die Nase. Es hatte genau jenen übertrieben herben Geruch, den ich von Rekruten her kannte und der mir schon immer unangenehm erschienen war. Und ich hatte das Dümmste getan, was man hier tun konnte: Ich war aufgefallen. Ich hätte unscheinbar und vertauschbar bleiben sollen, dann hätte ich mir den Ärger ersparen können. Auf so etwas hatte mich die Schule nicht vorbereitet.

Ich blickte auf Morosinis blank gewichste Marschstiefel. Der Ton seiner Stimme wurde feierlich.

»Sie werden noch lernen, was Moral und Anstand bedeuten. Und Sie haben Glück, dass Sie heute leben. Früher hätte man mit Ihnen kurzen Prozess gemacht. Da hatte man noch eine klare Doktrin.«

Eine klare Doktrin, hallte es in meinen Ohren nach. Colonnello Morosini machte eine Pause und tauchte für einen Augenblick in eine Vergangenheit ab, die ihn mit Wehmut zu erfüllen schien. *Credere, obbedire, combattere* – glauben, gehorchen, kämpfen. Die alte Parole hing noch immer im Gewölbe über dem Kasernengang.

»Abtreten!«

Ich meldete mich ab und ging nach draußen. Ein Major nahm mich in Empfang und lachte. Ich solle das Ganze nicht zu ernst nehmen. Ich hätte bei dem Oberst einfach einen wunden Punkt getroffen. Er selber habe sich köstlich amüsiert. Da alle Tests vorgenommen seien, sei ich für heute entlassen. In acht Monaten würde ich Bescheid erhalten. Ob ich noch Fragen hätte?

Ich war überrascht, wie freundlich der Mann zu mir war. Den ganzen Tag über war ich nur herumkommandiert und angebrüllt worden.

»Wie stehen die Chancen, freizukommen?« Wenn ich das jemanden fragen konnte, dann diesen Major.

Er schmunzelte.

»Die Chancen stehen fifty-fifty«, sagte er. »Meine Stimme ist nicht maßgeblich. Aber ich werde sehen, was sich machen lässt.«

»Ich wäre sehr froh, wenn sich etwas machen ließe«, sagte ich.

Er schaute mir in die Augen.

»Wir werden sehen«, sagte er.

Die Zeit bis zum Bescheid überbrückte ich mit meinem Job in der Gelateria. Pippo weihte mich in die Kunst der Parfaits ein. Ich lernte, wie man ein erfrischendes Rhabarberparfait auf den Tisch zaubert, wie man für ein Ahorn-Walnuss-Parfait die Mischung aus Sirup und Eiern mit dem Schneebesen schlägt, oder wie man den Zucker in die siedende Milch einrührt, um ein aromatisches Ingwerparfait zu erhalten – voll im Geschmack und doch von eisiger Struktur. Ich eignete mir an, wie man Zitronen- und Kaffeegranitas zubereitet und sie mit frischen Minzeblättern serviert – Eisarten auf Wasserbasis, die lediglich gefroren, nicht aber gerührt werden, was die typisch harten Eiskristalle und den besonders intensiven Geschmack der Granita ergibt. Und ich lernte den Umgang mit der Sorbetiere, dem Behälter für die Sorbets, lernte, dass bei der Sorbetmischung der richtige Zuckergehalt entscheidend ist, damit das Sorbet weder zu nass und sirupartig noch zu körnig oder fade wird. Und dass auch bei den Sorbets alles von der Luft abhängt, die zugeführt wird.

Dadurch, dass ich jetzt jeden Tag in der Gelateria arbeitete, lernte ich Pippos Stammkundschaft besser kennen. Der Kontakt mit den Leuten gefiel mir. Einige schienen nur zu kommen, um ein bisschen zu schwatzen. Es kamen auch viele Mädchen und junge Frauen. Den *Shining*-Blick hatte ich wieder abgelegt. Ich war freundlich, flirtete ein wenig, blieb aber unverbindlich.

In der Freizeit ging ich häufig zum Zattere-Quai, setzte mich auf ein Bänkchen oder einen Poller und las *Ufer der Verlorenen* von Brodsky. Es war ein schmales Bändchen. Ich las es etwa ein Dutzend Mal. Hatte ich es zu Ende gelesen, begann ich von Neuem. Am liebsten aber schaute ich aufs Wasser und träumte ein bisschen vor mich hin. In solchen Momenten fühlte ich mich frei. Wenn sich mein Blick in den Wellen verlor, schwand auch meine Angst vor dem, was kommen mochte. Vor den acht Monaten Warten, immer im Ungewissen, ob ich für tauglich oder untauglich erklärt oder zurückgestellt würde. Ich fragte mich, ob ich mit meiner Geschichte über Colonnello Morosini alles vermasselt hatte. Aber ich kam zu keinem Schluss. Meine Gabe, Zukünftiges verschwommen vorauszusehen, zu erspüren, was geschehen würde, versagte völlig. Mein zweites Gesicht sah bloß ein schwarzes Loch. Der kleine Alvise in meinem Mund schwieg. Klar war mir nur, dass ein Jahr im Militär einer persönlichen Katastrophe gleichkommen würde.

Nach langen Monaten des Wartens hatten Söhne von Kollegen meines Vaters Bescheid erhalten – sie mussten nach Genua, Udine und Treviso. Deshalb fragte mich mein Vater nun jeden Abend, ob ich den Brief mit dem Marschbefehl bekommen habe. Er sah mich schon als Panzergrenadier, der mit scharfen Handgranaten um sich warf, oder als Fallschirmjäger, der sanft vom Himmel glitt. Aber es war nichts eingetroffen. Alles war noch in der Schwebe. Ich war nervös und unruhig. Die Erwartungen meines Vaters lagen wie eine tonnenschwere Last auf meinen Schultern.

Dann kam eines Tages der Anruf von Michele. Er hatte eben vom Verteidigungsministerium in Rom die Bescheinigung erhalten. Er war befreit wegen Sehschwäche – dabei sah er besser als ich. Ich gratulierte, rannte zum Briefkasten hinunter und zog neben dem *Corriere della Sera* und der *Gazzetta dello Sport* einen grauen Umschlag heraus. Er verströmte diesen Kasernengeruch, der roch, als wolle er mich an etwas erinnern, das ich nicht erlebt haben konnte und das doch ganz deutlich in mir war. Mein Herz raste, ich spürte, wie die Adern am Hals und an den Schläfen pochten. Ich konnte kaum atmen. Dann gab ich mir einen Ruck und riss den Umschlag auf. Heraus fiel kein Marschbefehl, sondern der Bescheid, dass ich untauglich und vom Militärdienst befreit sei. Ich sprang in die Luft, reckte die Faust gegen den Himmel und jubelte. Ich konnte es kaum glauben. Trotz aller Widrigkeiten hatte ich mich durchgesetzt.

Ich rannte hinauf in die Wohnung und rief Michele an. Das Ereignis musste gefeiert werden. Dieser spektakuläre Doppelerfolg verlangte nach etwas Spektakulärem. Wir entschieden uns für die Terrasse des Hotels Gritti Palace schräg gegenüber der Kirche Santa Maria della Salute. Beide hatten wir noch nie auf dieser Terrasse gesessen. Es war ein Ort für die Superreichen, den alten venezianischen Adel und die *nouveaux riches*.

Eine Nacht in der Suite kostete so viel, wie ich in einem Jahr in der Gelateria verdiente. Aber man hatte eine herrliche Sicht auf den Canalazzo, einen Logenplatz direkt am Wasser. Und wir hatten allen Grund, uns etwas zu gönnen. Ich bestellte Champagner und ein Vanille-Gelato, das mit exotischen Gewürzen serviert wurde, elegant verziert mit zarten Schokoladenröllchen und einer Reihe von Margeriten. Michele entschied sich für die Frucht-Nuss-Eisbombe mit Maraschinokirschen, serviert an einer karamellisierten Rumsauce.

Wir tranken Champagner, kosteten die deliziösen Gelati und konnten unser Glück noch immer nicht fassen. In der Schule war alles vorgespurt gewesen, man hatte nur den vorgegebenen Weg gehen müssen und war durchgekommen. Hier aber hatte ich zum ersten Mal selbst die Entscheidung getroffen, welchen Weg ich gehen wollte, hatte trotz Warnungen alles geplant, vorbereitet und durchgezogen.

Das Vanille-Gelato zerging auf meiner Zunge, und aus dem Eis stieg eine Erinnerung auf: Noemi. Ich aß das Eis und spürte ihre Hand auf meiner heißen Stirn. Viele Male hatte ich Vanilleeis gegessen, seit ich sie zum letzten Mal gesehen hatte, und es hatte mir nie etwas gesagt, ich hatte es in Pippos Gelateria tausende Male in Becher und Waffeln gefüllt, hatte es dauernd vor Augen, und es hatte nichts ausgelöst in mir, die Erinnerung war versunken, verlaufen, hatte sich in nichts aufgelöst, jetzt aber, als ich das Vanilleeis auf der Zunge spürte und den Geschmack wiedererkannte, wie ich ihn damals geschmeckt hatte, war es, als ob Noemi mit mir auf der Terrasse wäre, als ob sie mit ihren strahlenden Augen und ihrer ganzen Zerbrechlichkeit da säße und mich anblickte, und ich sah die weiß-blau gestreiften Leibchen der Gondolieri und die Spiegelungen des Lichts im Wasser, und alles in mir war geweckt und in Bewegung.

»Ist dir nicht gut?«, fragte Michele besorgt. »Du siehst so bleich aus.«

»Nein, nein, es geht schon«, sagte ich. »Aber ich glaube, ich muss ein wenig allein sein.«

Michele hatte von seinem Vater zur Feier des Tages ein paar große Scheine erhalten. Er bezahlte. An meinen Vater dachte ich nicht. Das hatte noch Zeit bis zum Abendessen. Ich wollte mir jetzt nicht überlegen, wie ich ihm das Ganze erklären sollte. Ich schlenderte ein wenig durch die Gassen, durch die ich mit Noemi gegangen war, suchte die Orte an den Fondamente Nuove auf, wo wir gesessen und in die Lagune hinausgeblickt hatten. Ich fragte mich, wo sie jetzt war, was sie tun mochte, was aus ihr geworden war. Ich fühlte Schmerz in der Brust. Mein Bauch krampfte sich zusammen. Traurig trottete ich nach Hause. Ich war mir sicher, dass ich nie glücklich würde.

Zu Hause traf ich auf meine Mutter, die gerade von ihrer Arbeit in der Via Garibaldi zurückgekommen war. Sie fand, ich sähe deprimiert aus. Ich sagte, ich sei überhaupt nicht deprimiert. Und berichtete ihr, dass ich den Brief vom Ministero della Difesa erhalten hätte und nicht einrücken müsse. Die Ärzte hätten mich für untauglich erklärt. Ich wusste, dass ich ihr das ohne Weiteres sagen konnte. Sie freute sich und war allein schon wegen des Waschens froh, dass ich nicht ein Jahr lang durch Schlamm robben musste. Ihre Erleichterung war so groß, dass meine Traurigkeit auf der Stelle verflog.

Dann kam mein Vater nach Hause. Er hatte einen langen, harten Tag auf dem Vaporetto hinter sich. Nachdem er sich frisch gemacht hatte, erzählte er, wie ihm begriffsstutzige Touristen ständig Verspätungen eingebrockt hätten. Offenbar hatten diese immer dort gestanden, wo man ein- und ausstieg, statt sich ins Innere des Bootes zu verziehen. Bei jeder Anlegestelle hätten sie alles blockiert. Und irgendein Japaner habe sich an den Tauen die Handgelenke aufgeschlitzt, weil er nicht auf den Lotsen gehört habe. Wegen dieser Idioten sei er stets auf dem letzten Zacken gefahren. Immer hinter dem Fahrplan, immer unter Druck. Am Schluss hatte er wegen dieser Kindsköpfe eine halbe Stunde länger arbeiten müssen.

Meine Mutter schöpfte die *Pasta e fagioli* aus dem Topf und reichte uns die Teller. Zu dritt saßen wir um den Tisch und aßen die Bohnensuppe. Mein Vater war ziemlich gereizt. Nichts hasste er mehr, als wenn er den Fahrplan nicht einhalten konnte und am Ende Überstunden machen musste. Meine Mutter schöpfte uns nach. Das Essen schien ihm gutzutun.

»Und, ist der Bescheid gekommen?«

Er tunkte das Brot in die Suppe und schaute mich neugierig an. In seinem Ton lag Erwartung.

»Ja«, sagte ich beiläufig.

Mein Vater legte den Löffel neben den Teller. Seine Augen begannen zu leuchten, seine Miene hellte sich auf, der Ärger des Tages war mit einem Schlag weggefegt.

»Welche Einheit?«

Ich schaute ihn an, seine wasserblauen Augen, die dichten Brauen. Ich sah, wie er fast platzte vor Neugier, wie es ihm fast den Atem verschlug. Meine Mutter starrte auf ihren Teller und schwieg.

»Nichts Besonderes«, sagte ich, weil mir nichts anderes einfiel.

»Was, nichts Besonderes? Füsilier?«

»Keine Einheit«, sagte ich schließlich. »Die Ärzte haben mich für untauglich erklärt.«

»Untauglich?«, wiederholte er ungläubig. Das Wort kam ihm fast nicht von der Zunge. Aus seinem Mund klang es wie ein anderes Wort für Taugenichts oder Schmarotzer.

»Äh … ja.« Ich suchte krampfhaft nach einer Erklärung, aber an seinem entsetzten Gesicht sah ich, dass es vergebens war.

»Untauglich? Warum?«

»Wegen des Magens.«

»Wegen des Magens?«

Mein Vater schaute mich lange entgeistert an, warf mir einen vernichtenden Blick zu, fasste den Löffel, senkte den Kopf und aß wortlos seine Suppe. Schweigen lastete im Raum und schien alles zu erdrücken. Aus jeder Ritze schien es zu kriechen, es war unmöglich, irgendetwas zu sagen. Man hörte nur das Schlürfen der Suppe, die Geräusche der Löffel. Der Topf dampfte. Mein Vater schaute nicht mehr hoch. Er löffelte seine Bohnensuppe. Als er fertig war, erhob er sich und verschwand wortlos aus der Küche. Die nächsten Wochen sprach er kein Wort mehr mit mir. Ich war nicht mehr sein Sohn. Für ihn war ich gestorben.

6

Eines Nachmittags sah ich auf einem Vaporetto der Linie 82 eine Frau sitzen. Ich sah sie nur von hinten. Sie hatte halblange blonde Haare, trug einen blauen Rollkragenpullover und eine dunkle Sonnenbrille. Noemi!? Ich war mir nicht sicher. Keine Venezianerin würde am Bug des Schiffes sitzen, das waren die Plätze für die Touristen. Aber so lange hatte sie ja auch nicht hier gelebt.

Da sie eine Sonnenbrille trug, konnte ich, selbst wenn ich mich schräg gegen die Reling verschob, nicht sagen, ob sie es war. Aber irgendwann würde sie aufstehen und aussteigen, und dann würde ich sie besser sehen.

Auf dem Weg zum Canale della Giudecca kreuzten wir einen gewaltigen Passagierdampfer, der aus dem Bacino der Stazione Marittima auslief. Es war ein zwölfstöckiges Kreuzfahrtschiff, das die Stadt um ein Mehrfaches überragte. Auf dem obersten

Deck standen die Passagiere dicht an dicht an der Reling und schauten auf die Stadt hinab.

Majestätisch glitt der Dampfer an uns vorbei. Schwaden von Diesel hingen in der Luft. Dem Schiff folgten kreischende Möwen, die auf Küchenabfälle hofften. Die schäumende Kielwelle schüttelte uns kräftig durch. Bei Zattere stiegen eine Menge Leute ein, Pendler und Touristen, und im Gedränge verlor ich die Frau einen Moment lang aus den Augen. Ich ärgerte mich, schob mich ein Stück nach vorne, vertrieb ein paar unschlüssige Touristen und hatte sie wieder im Blick. Ich wusste immer noch nicht, ob es Noemi war.

Das Vaporetto tuckerte nach Palanca zur Giudecca hinüber. Wenn sie auf der Giudecca ausstieg, würde auch ich aussteigen und ihr folgen, aber bei Palanca stiegen nur Pendler aus und jene, die in der Stadt eingekauft hatten und jetzt mit Lauch, Petersilie und Tintenfisch auf ihre Insel zurückkehrten.

Bei der Chiesa del Redentore schien die Frau aufstehen zu wollen, überlegte es sich dann aber anders und blieb sitzen. Nach Zitelle kam San Giorgio. Wenn sie jetzt ausstieg, würde sie sich Palladios Kirche ansehen, das Abendmahl Tintorettos und den Hochaltar von Campagna. Vielleicht würde sie auch mit dem hölzernen Lift hochfahren in die Glockenstube des Campanile, wo man einen überwältigenden Blick hatte. Aber sie stieg nicht aus. Dafür stiegen wieder jede Menge Touristen ein.

Dicht gedrängt standen die Passagiere auf dem Boot, während es sich schnaufend und spritzend durch die dunkelgrüne Lagune wühlte. Der Wind kräuselte das Wasser und zerzauste das Haar der Frau. Langsam querten wir das Bacino von San Marco und tuckerten Richtung San Zaccaria. Das Rauschen der Bugwelle war zu hören, die grellen Laute der Seevögel. In der Ferne tutete die Sirene des Dampfers. Als wir uns dem Imbarcadero näherten, war eine Unruhe zu spüren, als ob alle sofort aussteigen und dem schwankenden Gefängnis entfliehen wollten. Jetzt stand die Frau auf. Aber da so viele Leute an Bord waren, gab es kein Durchkommen. Sie musste warten, bis die Touristen das Boot verlassen hatten. Als endlich Platz war, kam sie direkt auf mich zu, ging aber so schnell an mir vorbei, dass ich nicht erkennen konnte, ob es Noemi war. Ihre Art, sich zu bewegen, erinnerte mich an sie. Auch ich verließ das Vaporetto.

Am Ufer folgte ich ihr in sicherem Abstand. Sie ging nicht mit der Masse Richtung San Marco, sondern die Riva degli Schiavoni entlang zum Arsenale. Plötzlich tauchte sie nach links in eine Gasse ein.

Ich verfluchte mich, dass ich sie auf dem Vaporetto nicht angesprochen hatte. Alles wäre viel einfacher gewesen. Hier im Gewirr der Gassen konnte sie leicht entschwinden. Aber ich hatte sie noch immer im Blick. Ich sah, wie sie in einem Schaufenster etwas betrachtete, und so schaute auch ich mir ein kleines Stück hinter ihr die Auslage eines Maskenladens an.

Dann bog sie um die Ecke und verschwand aus meinem Gesichtsfeld. Ich rannte zu dem kleinen Campo, wo sie abgebogen war. Aber ich konnte sie nicht mehr entdecken. Wie ein Wahnsinniger durchkämmte ich alle Gassen in der Nähe, aber die Frau blieb verschwunden. Ob sie hier in der Nähe wohnte? Oder ob sie in ein Geschäft getreten war, ohne dass ich es bemerkt hatte? Ich warf einen Blick in die nahen Läden, konnte sie aber nicht entdecken. Sie war wie vom Erdboden verschluckt. Ich hatte alles falsch gemacht. Noch einmal drehte ich eine Runde durch die umliegenden Gassen, aber die Frau tauchte nicht mehr auf.

Ich ging zur Riva degli Schiavoni zurück und sah sie plötzlich an einem Eisstand. Ich folgte ihr und versuchte aus der

Art, wie sie das Eis aß, Schlüsse zu ziehen. Sie leckte es langsam wie Noemi. Aber sie hatte ein Pistazieneis gewählt, nicht Vanille. Auch jetzt war ich nicht in der Lage, sie einfach einzuholen und anzusprechen.

Die Riva dei Sette Martiri entlang ging ich bis zu den Giardini hinter ihr her. Dort öffnete sie ihre Handtasche, kramte ein Ticket hervor und betrat das weitläufige Gelände der Biennale. Ich hatte keine Karte für die Ausstellung, an der Kasse war eine lange Schlange, ich musste mich erst anstellen, bis ich zu einem Ticket kam. Als ich endlich eins hatte, war sie weg.

Ich betrat das Ausstellungsgelände, sah mich um, ging zunächst zum italienischen Pavillon, konnte sie aber nirgends ausfindig machen. Der Reihe nach klapperte ich alle Pavillons ab, die Basilika der Ungarn, die Holzbaracke der Finnen, den Lusttempel der Franzosen, das Landhaus der Briten und den Backsteinbau der Schweizer – vergebens. Ich hielt die Augen offen, suchte im Schatten der Platanenallee und im Restaurant nach ihr – ohne Resultat. Vor der Skulptur eines Kleinkinds, das einen Frosch fraß, sprach mich jemand an.

»Sie sehen aus, als könnten Sie einen Kaffee vertragen.«

Eine elegante Dame mit einem asiatischen Reisstrohhut und einem Audrey-Hepburn-Pillendöschen warf mir einen fordernden Blick zu. Wahrscheinlich eine Galeristin, die von weit her angereist war.

»Hätten Sie nicht Lust auf einen Espresso im Café hier?«

Ich war überrumpelt, stand einen Moment lang mit offenem Mund da. Dann fasste ich mich, entschuldigte mich, wandte mich um und ging auf dem schnellsten Weg zum Ausgang. Ich nahm das nächste Boot Richtung Cannaregio. Noemi – oder war sie es doch nicht gewesen? – war mir entwischt. Aber wie es der Zufall wollte, war Michele auf dem Boot.

»Stell dir vor«, sagte er völlig aufgelöst, »die Zwillinge studieren Altphilologie.«

»Na und?«, sagte ich. Ich dachte an Noemi.

»Ich möchte nächstes Semester auch mit Altphilologie beginnen. Es ist ein kleines Seminar. Wir werden uns ständig begegnen.«

Er machte ein Gesicht, als ob er noch immer nicht darüber hinweg wäre, dass es mit Elisabetta nicht geklappt hatte.

»Dann studier halt was anderes«, sagte ich gereizt. »Studier doch Pharmazie.« Ich hatte einfach irgendetwas gesagt, um Ruhe zu haben.

Michele zuckte zusammen.

»Pharmazie?«

Seine Miene hellte sich auf – als wäre ihm plötzlich etwas klar geworden. Er schüttelte immer wieder den Kopf. Schließlich lachte er sein breitestes Lachen.

»Fantastisch!«, rief er und klopfte mir auf die Schultern. »Das ist es! Pharmazie! Mensch, Alvise! Du bist der Einzige, der mich versteht!«

7

Die Universität war nach den Foscari benannt. Sie hatten Venedig einst regiert. Eine alte Dynastie, eine mächtige Adelsfamilie. Aus ihr gingen Dogen hervor, die Brescia, Bergamo und Ravenna erobert, den Einfluss der Stadt bis zum Isonzo erweitert und Lord Byron zu einer Tragödie inspiriert hatten. Palladio baute ihnen an der Brenta die Villa »La Malcontenta«.

Hatten meine Eltern erwartet, ich würde etwas Gescheites studieren – was in ihren Augen nur Recht, Wirtschaft oder Medizin sein konnte –, musste ich sie enttäuschen. Diese Fächer reizten mich nicht. Stattdessen wählte ich Fächer, die mir einen gewissen Freiraum ließen: Italienisch und Englisch.

Schon die erste Vorlesung zeigte die Richtung an, in die mein Studium gehen sollte. Der Hörsaal füllte sich bis auf den letzten Platz. Aus meiner Klasse und von meinen Freunden studierte niemand Italienisch, und so kannte ich niemanden, während sich die meisten bereits zu kennen schienen.

Als Professore Raise den Hörsaal betrat und die Anwesenden begrüßte, war der Raum voller Erwartung. Raises Stimme wirkte besänftigend, einlullend. *Die Rosen blühen.* Das war der Satz, über den er 45 Minuten lang sprach und den er nach der Art der verschiedenen Grammatiken auf immer neue Weisen zu analysieren trachtete.

Nach einer Viertelstunde spürte ich ein nur schwer zu unterdrückendes Gähnen, das ich mit aller Kraft niederkämpfte. Ich legte den Schreibstift neben den Notizblock. Als ich mich ein wenig umsah, merkte ich, dass ich nicht der Einzige war. Manche kämpften gleich mir mit ihrer Müdigkeit, während von ferne eine Schiffssirene einen Dampfer in den Hörsaal hineinwachsen ließ. Nur ganz vorne in den ersten zwei Reihen saß eine Handvoll Streber, die eifrig jedes Wort mitschrieben, ohne vom Papier aufzusehen.

Professore Raise nahm einen Schluck Wasser aus einem eigens mitgebrachten Zinnbecher. Der faulige Gestank des nahen Rio drang durchs Fenster und vermengte sich mit dem leichten Modergeruch des Hörsaals. Wellen klatschten gegen die Hauswand und überfluteten für einen Moment die kurze Stille.

»Übrigens ist mir alles verhasst, was mich bloß belehrt, ohne meine Tätigkeit zu vermehren oder unmittelbar zu beleben.« Diesen Satz von Goethe, mit dem eine Scuola riservata warb, hätte ich Raise über die Bänke hinweg gerne zugeworfen. Aber mein Grad an Belebung war schon zu niedrig. Und es war nicht üblich, dass in einer Vorlesung die Studenten sprachen. Hier sprach der Professore.

Die Rosen blühen. Ich gähnte. Mit aller Macht stieg es in mir auf, ein elementares, aus der Tiefe kommendes Gähnen, und obwohl ich mich nach Kräften dagegen wehrte, musste ich den Mund weit aufreißen. Es dauerte, bis ich ihn wieder schließen konnte. Ich senkte den Blick und errötete.

Es war ein geringer Trost, dass nun auch mein Nachbar zum Gähnen ansetzte und sich mein Gähnen im Hörsaal fortzupflanzen schien und wie der Stab einer Staffel weitergereicht wurde. Ständig gähnte irgendwer, vorne, hinten, in der Mitte, die Hände wurden vor den Mund gehalten oder auch nicht, die Mäuler wurden aufgesperrt, wie Flusspferde es tun, wenn sie imponieren wollen. Aber Professore Raise schien das alles nicht zu beeindrucken.

Ich wartete auf das Ende der Vorlesung, scharrte mit den Schuhen, spielte mit dem Kugelschreiber, kritzelte Zeichnungen auf den Notizblock. Endlich neigte sich die Stunde dem Ende zu. Raise kündigte an, dass er nächste Woche über den Satz *Es schneit* referieren werde, was mit einem Raunen quittiert wurde. Dann schellte die Glocke, und die blühenden Rosen waren Schnee von gestern. Raise packte seine Papiere in die Mappe. Als ich den Hörsaal verließ, schenkte er mir ein freundliches Lächeln, als wäre ich der aufmerksamste Zuhörer gewesen. Ich errötete erneut. War dieser Professore mit den melancholischen Augen unerhört nett und naiv, oder war er durchtrieben? Gequält lächelte ich zurück und versuchte, mir meine Qual nicht anmerken zu lassen.

Langeweile plagte mich auch in der Einführung in die englische Sprachgeschichte. Die Stimme der Assistentin, die den Kurs leitete, war zwar nicht einschläfernd. Im Gegenteil: Sie hatte eine verrauchte Stimme, die in scharfem Kontrast zu ihrem ballerinenhaften Aussehen stand und sofort Aufmerksamkeit auf sich zog. Doch der Stoff von »Grimm's Law« und der westsächsischen Vokale war zum Gähnen, und die Gesichter meiner Kommilitonen, die nur mit Mühe ihre Lippen zusammenpressen konnten, brachten mich weiter in Bedrängnis. Ich kämpfte wie ein Löwe, aber die Veränderungen, die der »Great Vowel Shift« bei vielen Lauten mit sich brachte, schoben auch meinen Mund immer wieder auseinander.

Am Schluss des Kurses hatten wir ein Examen abzulegen, das verschiedene Aufgaben umfasste. Die erste war, die Herkunft des englischen Wortes »cock«, »Hahn«, zu erklären. Mit Hilfe der Notizen und Johnson's *Dictionary of the English Language* war das kein Problem. Auch die anderen Aufgaben waren alle mehr oder minder leicht zu lösen. Beim Stöbern in der Bibliothek des Seminars stieß ich nach ein paar Tagen jedoch auf einen vergessenen, verstaubten Ordner aus den fünfziger Jahren. Ich blätterte darin und entdeckte eine vergilbte Matrize, die identisch war mit unserem Prüfungsblatt. Schon vor über zwanzig Jahren hatte man den Erstsemestern dieses Blatt vorgelegt, um sie über die Grundlagen der englischen Sprachwissenschaft abzufragen. Ein Vierteljahrhundert war vergangen, ohne zu vergehen.

Die Dozenten kamen mir vor wie Ciceroni, die ihre Sprache verloren hatten und in der Not nun Angelesenes wiederkäuten und als das Eigene ausgaben. Ihre uninspirierten Vorträge vermittelten den Eindruck, die Italianistik sei das langweiligste Fach der Welt – was mich unglaublich deprimierte. Aber vielleicht deprimierte mich im Grunde etwas anderes: dass die Italianistik tatsächlich das langweiligste Fach der Welt war.

Diese Einsicht war für einen, den Pavese, Svevo und Morante faszinierten, umso qualvoller. Mehr noch irritierten mich aber die universitären Rituale der Herrschaft und der Heuchelei, die von den Studenten fraglos übernommen wurden. Für die meisten von ihnen war entscheidend, sich bei den Prüfungen schön anzuziehen und sich das Buch des Professore signieren zu lassen. Der blanke Opportunismus meiner Generation, die ich für kritisch gehalten hatte, bestürzte mich. Offenbar war sie genauso korrupt und korrumpierbar wie die unserer Vorfahren. Offenbar ging sie davon aus, dass Erkenntnis eine Ware war, die für immer feststand und die man erwerben konnte wie eine Monatskarte für die Vaporetti.

Nach den ersten zwei Semestern war ich drauf und dran aufzuhören. Die meiste Zeit beanspruchte ohnehin mein Job in der Gelateria, so dass ich mich nur noch selten in Kursen blicken ließ. Ich begann zu begreifen, warum die meisten Venezianer ihr Studium nicht abschlossen – es war einfach zu weit weg von der Welt, ein antiquiertes System, dem die Wirklichkeit davongelaufen war.

Zum Glück stieß ich im dritten Semester auf Professore Garbizza. Gegen ihn waren alle anderen Professoren wie tiefgekühlter Fisch. Nicht nur erwies er sich als herausragender Kenner der italienischen Literatur, er kannte auch sämtliche Bilder in sämtlichen Kirchen Venedigs, die Geschichten, die mit ihnen verbunden waren, die Viten der Maler und Architekten, er kannte die Ideen- und Kulturgeschichte wie kein Zweiter, wusste Bescheid in Physik und Logik, in Theologie und Medizin, sprach elf Sprachen und las die lateinischen und griechischen Quellen im Original. Kurz, er war eine Art Universalgelehrter, eher dem neunzehnten Jahrhundert zugehörig als dem zwanzigsten. Bei alldem war er menschlich geblieben, fing mit seiner Tochter Tintenfische oder sang seiner Enkelin alte venezianische Weisen.

Mag sein, dass er etwas steif oder streng wirkte mit seiner quer über die Glatze gekämmten Haarsträhne und seinen riesigen Händen, mag sein, dass ihn seine schneeweißen Schienbeine unter den Hochwasserhosen etwas spröde erscheinen ließen, aber an der Ca' Foscari war er der Einzige, der Intelligenz verströmte. Hätte er nicht seine Vorlesung über Gut und

Böse in der italienischen Nachkriegsliteratur gehalten, hätte ich das Studium geschmissen.

Als ich ihm einmal in einer Sprechstunde meine Vorbehalte schilderte, ermunterte er mich, das zu tun, was ich für richtig hielte. Er nahm nicht Partei für die Italianistik. Das gefiel mir. Von diesem Augenblick an wusste ich, dass ich mein Studium beenden würde.

Nachdem dieser Knoten gelöst war, ging es auch in anderen Bereichen vorwärts. Im Sestriere Dorsoduro fand ich durch Pippos Bruder und dessen Beziehungen zum Bürgermeister beim Campo Sant'Agnese eine winzige Wohnung in der Nähe des Palazzo Trevisan degli Ulivi. Es war eher ein Kabäuschen, aber das war mir egal. Von »fora dal mondo«, von außerhalb der Welt, zog ich zum angenehm belebten Zattere-Quai. Zu Hause konnte ich nicht mehr länger bleiben – mein Vater hielt mich für einen Nichtsnutz, der sich bekochen und aushalten ließ, einen Parasiten, der um vier Uhr morgens nach Hause kam, während er sich für den Frühdienst rasierte.

Die neue Umgebung mit dem Blick auf den Canale della Giudecca verschaffte mir ein neues Lebensgefühl. Oft stand ich einfach am Fenster und schaute zu, wie das Licht die Wasseroberfläche kitzelte und zum Glitzern brachte. In der Nacht lag ich auf dem Bett, blickte an die Decke, lauschte dem steten Blubbern und Schlabbern des Wassers und träumte von einem anderen Leben.

8

Am *Giovedì Grasso* schlenderte ich zur Piazza, um dem Karnevalstreiben beizuwohnen. Die Luft war erfüllt vom süßen Geruch der Fritelle, und aus vielen Palazzi drang barocke Musik. Aus den Gassen strömten fantastische Masken Richtung Prokuratien: Othello, der Mohr von Venedig, mit einem strassbesetzten Helm und gelben Wedeln, ein tropischer Schmetterling mit rosaroten Flügeln und hellblauen Fühlern, ein gefiederter Vogelmensch, dessen spitze rote Larve an die alten Pestmasken erinnerte, ein rotschwarzer Scaramuccia auf einer Gondel, Nonnen in züchtigem Schwarz und Damen in zartem blauen Tüll.

Ich war nicht kostümiert. Meine Eltern hatten nie mitgemacht beim Carnevale, meine Mutter hatte diese Tage immer mit Skepsis betrachtet, wenn nicht mit Verachtung, und so war ich nie richtig in dieses Verkleiden und Verbergen und Aufdenkopfstellen hineingewachsen. Aber wenn er dann begann, ging ich doch immer gerne hin, mit einem leisen Bedauern, ohne Maske und Kostüm durch die Calli zu flanieren.

Vor dem Caffè Florian hörte ich einem Dottore zu, der gespreizte Reden voller lateinischer Einsprengsel hielt, als ich einen Blick in meinem Nacken spürte. Ich drehte mich um. Eine junge Frau ohne Maske, stark geschminkt und in einem ausladenden Rokoko-Kostüm, blinzelte mir zu. Irgendwie kam sie mir bekannt vor und in dem Kostüm zugleich fremd. Ich konnte sie nicht einordnen, hatte keine Ahnung, wo wir uns schon begegnet waren. Aber sie schaute mich so unverwandt an, dass ich annehmen musste, dass sie mich kannte. Vielleicht hatte ich ihr in der Gelateria Eis serviert, oder wir hatten an der Ca' Foscari im selben Kurs gesessen.

Sie sprach mich an, als kennten wir uns schon seit Jahren. Verkrampft spielte ich das Spiel mit und tat so, als ob wir bekannt miteinander wären. Es war mir peinlich. Verbissen dachte ich nach, bis mir schließlich der Groschen fiel: Es war das Mädchen aus dem Papierwarengeschäft, wo ich immer mein Papier und meine Schreibstifte kaufte. Seit Jahren ging ich dafür an denselben Ort, und seit Jahren wurde ich von diesem Mädchen bedient, oft mit einem schalkhaften Lachen, von dem ich nicht recht wusste, was es zu bedeuten hatte. Lachte sie mich aus, weil ich so viel Papier brauchte? Oder lachte sie mich an, weil sie neugierig war, was ich mit dem vielen Papier anstellte? Ihr Lachen hatte etwas Zweideutiges, und es war mir nie ganz klar, ob sie mich für einen Stubenhocker oder einen Frauenliebling hielt.

Jetzt aber strahlte sie mich an. Überhaupt war sie völlig aufgedreht. Sie schlug vor, etwas trinken zu gehen. Bei so viel Begeisterung konnte ich nicht nein sagen. Das Caffè Florian war allerdings überfüllt, und auch im Quadri und den anderen Cafés in der Nähe war es nicht besser. Danach suchten wir

Platz in einem Weinlokal, doch vergebens. Schließlich meinte sie, wir sollten zu ihr, da könnten wir in Ruhe etwas trinken, sie wohne nicht weit. Ich war einverstanden. Ich hatte genug vom Trubel und war neugierig, wie das Mädchen aus dem Papierwarengeschäft wohnte.

Wie sich herausstellte, lebte sie an der stinkenden Schleife zwischen der Fondamenta del Remedio und dem Sottoportego de la Stua, hinter der Fondazione Querini Stampalia. Zusammen mit dem Rio delle Muneghete war dies der berüchtigste Kanal, was die Gerüche anbelangt, aber um einen Prosecco zu trinken, musste man das Fenster ja nicht öffnen. Sie hatte eine Mansarde mit Bad im Dachstock des Hauses ihrer Eltern, die wegen des Karnevals auf die Terraferma geflüchtet waren.

Das Mädchen führte mich die steinerne Treppe hoch und bot mir in der engen Mansarde einen Platz an einem wackligen Tischchen an. Elisa war nicht besonders groß, etwas mollig, das Gesicht unscheinbar, wirkte aber nett und herzlich. Wie Charlotte redete sie ziemlich viel.

Sie öffnete die Flasche, schenkte den Prosecco in die bereitgestellten Gläser, und wir stießen auf den *Giovedì Grasso* an. Danach verschwand sie im Bad, um sich abzuschminken. Ich schaute mich in der Mansarde um. Sie war lang und schmal, mit einem Fenster zum Kanal. Außer einem Eisenbett, einem Kleiderschrank und einem Bild, das Elisa als Kind mit einem Tintenfisch zeigte, war das Zimmer leer, kühl und karg. Aber meine Dachkammer hatte ich ja auch nicht nach »Abitare« eingerichtet.

Als sie aus dem Badezimmer kam, steckte sie noch immer in dem Rokoko-Kostüm, doch ihr Gesicht war nun wieder das Gesicht aus dem Papierwarenladen. Sie wollte wissen, was ich tat, und ich sagte ihr, dass ich an die Ca' Foscari ginge und dort Italienisch und Englisch studiere.

»Italienisch und Englisch, soso«, erwiderte sie. »Ist das denn interessant?«

Ich wurde rot. Sie hatte wirklich eine sehr direkte Art.

»Ist ja egal«, sagte sie, »Schreibstifte verkaufen ist auch nicht gerade das Tollste. Den ganzen Tag in dem engen Laden, da kann einem schon die Decke auf den Kopf fallen.«

»Manchmal ist es an der Ca' Foscari nicht uninteressant«, sagte ich. »Aber oft arbeite ich auch in einer Gelateria.«

»In einer Gelateria?«

Das schien ihr mehr Eindruck zu machen.

»Kannst du mir nicht ein wenig davon erzählen? Ich habe keine Ahnung, wie das so läuft.«

»Viel zu erzählen gibt es da nicht«, wiegelte ich ab und nahm einen Schluck Prosecco.

»Ich stehe hinter der Theke, sehe zu, dass die Kästen mit den verschiedenen Aromen randvoll sind, und drapiere das Eis zu gewundenen Gebirgen. Kommt Kundschaft, nehme ich den Portionierer zur Hand, fülle das Gelato in ein Waffelhorn oder einen Becher, kassiere das Geld und wünsche einen schönen Tag. Das ist alles.«

Sie schaute mich an, als wollte sie meinen Job.

»Macht ihr das Eis selber?«

»Ja. Oft gehe ich in der Frühe zum Rialto und hole dort die Zutaten frisch vom Markt – Erdbeeren, Himbeeren oder Birnen. In letzter Zeit lässt mich Pippo auch immer wieder an der Eismaschine arbeiten. Er möchte, dass das Geschäft weiterläuft, auch wenn er mal ausfällt.«

Das eine oder andere Mal hatte ich schon mit Verkäuferinnen geflirtet, meist mit Schuhverkäuferinnen, die mich auf unerklärliche Weise anzogen, aber nach lockerem Beginn war immer dieses Gefühl der Fremdheit in mir aufgestiegen, das auch jetzt wieder aufkeimte.

Um mich zu fangen, ging ich ins Bad, wusch mir das Gesicht mit kaltem Wasser und die Hände mit einer Seife, die nach Kokosnuss duftete. Ich betrachtete die Parade der Parfums auf der Ablage über dem Waschbecken, öffnete den einen oder anderen Flacon, um daran zu riechen, und schaute in den Spiegel. Als ich mein Gesicht sah, war ich überrascht, dass ich aussah, wie ich aussah. Dann legte sich die Überraschung, meine Züge kamen mir wieder vertrauter vor, und ich hatte den Eindruck, dass ich mir zumindest ähnelte.

Beruhigt drehte ich mich um. Draußen auf der Riva suchte eine Handvoll kamerabewehrter Japaner krampfhaft eine kokette Colombina zu fotografieren. Die Japaner hantierten so leidenschaftlich mit ihren Leicas, dass es ihnen ein größeres Vergnügen zu bereiten schien, die Colombina mit ihren Apparaten festzuhalten, als sie zu sehen. Im Eilschritt entgegenkommende Touristen, dem Aussehen nach Skandinavier, glotzten verächtlich auf die Japaner. Sie hatten keine Kameras dabei oder zeigten sie nicht. Während die beiden Touristengruppen genervt aneinander vorbeidrängten und der eine oder andere Skandinavier doch neidisch auf die Leicas schielte, verschwand die Colombina in einem Sottoportego.

Als ich wieder in die Mansarde trat, saß Elisa nicht mehr am wackligen Tischchen. Ich dachte, dass sie rasch in die Wohnung der Eltern gegangen war, um ein paar Tramezzini zu holen. Aber als ich mich zum Fenster drehte, sah ich, dass sie bis auf die dunkelblauen Wollsocken splitternackt auf dem Bett lag. Überrumpelt stand ich da. Das war das Letzte, womit ich gerechnet hatte. Gewiss hatte auch ich einen Moment lang an ein erotisches Abenteuer gedacht, aber nicht wirklich, nicht von ganzem Herzen, und falls doch, nicht auf diese Weise. Im

Bruchteil einer Sekunde schossen mir alle möglichen Gedanken durch den Kopf. Alexis Zorbas' Ausspruch kam mir in den Sinn, welches die schlimmste Sünde sei, die ein Mann begehen könne: »If a woman calls you to her bed, and you don't go.«

Diese Frau wollte mit mir ins Bett – eindeutiger, als je eine Frau mit mir ins Bett gewollt hatte. Und ich mochte nicht sündigen, aber ich konnte nicht zu dem Bett hin, wie angewurzelt blieb ich auf dem Steinboden stehen. Ich sah, wie Elisas Schamhaar in dichten Büscheln in die Luft ragte, sah ihre großen Brüste, die fleischigen Schenkel. Nicht, dass sie unattraktiv gewesen wäre. Vielleicht hätte ich mir ein Herz fassen und über meinen Schatten springen können, wenn die blauen Wollsocken nicht gewesen wären. Warum hatte sie nur diese Wollsocken anbehalten, während sich die Spitzen ihres Schamhaars in der Luft kräuselten?

Am liebsten wäre ich einfach abgehauen. Aber das konnte ich nicht. Das konnte ich Elisa nicht antun. Doch sollte ich hier Wurzeln schlagen und für den Rest meines Lebens auf diese Wollsocken starren? Ich musste etwas sagen, irgendetwas musste mir doch einfallen. Aber mir fiel nichts ein. Was hätte ich auch sagen sollen? Blieb mir etwas anderes übrig, als zu ihr ins Bett zu steigen? Nur, was sollte ich dort? Mit ihrem vorwitzigen Schamhaar spielen? Warten, bis ich mich erholt hatte?

Zögernd ging ich zu ihr hin. Als ich bei ihr war, packte sie mich, zog mich zu sich herab und begann, mich leidenschaftlich zu küssen. Entschlossen zog sie mir die Kleider vom Leib. Ich schloss die Augen. Als ich sie einen Augenblick öffnete, sah ich ihren üppigen Busen und die blauen Wollsocken. Was machte ich hier eigentlich? Während sie sich an meinem Glied zu schaffen machte, fasste ich den Entschluss, mich schlafend zu stellen, um sie zu ermüden, und dann, wenn sie eingeschlafen war, stillschweigend zu verschwinden.

Heftig umzüngelte sie meine Eichel, während ich ihre Schenkel tätschelte, wie man ein Pferd tätschelt. Da die Bemühungen ihrer Zunge Schiffbruch erlitten, führte sie meine Hand und meinen Kopf an ihre Scham. Ich tat, was sie erwartete. Als sie kam, zogen sich in den Wollsocken ihre Zehen zusammen.

Dann kuschelte sie sich fest an mich. Während sie mein Gesicht mit feuchten Küssen übersäte, gähnte ich mehrmals und stellte mich schlafend. Nach einer Weile hatte sie genug, gähnte auch und schloss die Augen. Als ich sicher war, dass sie schlief, öffnete ich die meinen und starrte zum Dachbalken.

Elisa atmete ganz ruhig. Auf ihrem Gesicht lag ein entspannter Ausdruck. Ihre Arme hatten mich fest im Griff. Vorsichtig löste ich mich aus der Umklammerung, suchte meine Kleider zusammen und zog mich an. Behutsam bettete ich Elisa unter das Laken, so dass die Wollsocken nicht mehr zu sehen waren.

9

Ich bewarb mich bei verschiedenen Stellen, und ich wusste nicht, war es Glück, Zufall oder waren es Pippos Beziehungen, auf jeden Fall erhielt ich die Stelle eines wissenschaftlichen Mitarbeiters am Staatsarchiv. Mein Vater war stolz auf mich – einer dieser sicheren, begehrten Staatsposten war genau das, was er sich für mich erhofft hatte. Seit langer Zeit war er wieder einmal gesprächig und bester Laune, selbst die Menschenmassen auf dem Vaporetto konnten seiner Stimmung nichts anhaben. Archivio di Stato – das ließ sich erzählen.

Ich wusste nicht, ob ich mich wirklich freuen sollte. Die Vorstellung, in einem Archiv zu arbeiten, löste bei mir nicht gerade Freudensprünge aus. Ich verband damit etwas Verstaubtes, Weltfremdes. Meinen geliebten Job in der Gelateria konnte ich mir damit abschminken. Aber ich musste auch froh sein: Die Stellen für Geisteswissenschafter waren dünn gesät, und im Gegensatz zu vielen anderen hatte ich etwas gefunden.

Also stellte ich mich darauf ein und versuchte, das Beste daraus zu machen. Auch die reizloseste Tätigkeit entwickelt ja einen gewissen Reiz, wenn man sich nur lang genug bemüht und sich ganz in die Aufgabe schickt. Das Arbeitsklima im Archiv war gar nicht einmal so übel. Der Direktor war ein kauziger, aber charmanter und gewitzter Mann, ein Gentleman durch und durch. Seine Assistentin, Dottoressa Falier, war eine so liebenswürdige wie belesene Person, die eine Begeisterung ausstrahlte, als arbeitete sie am verführerischsten Ort der Welt. Auch die anderen Archivare waren angenehm. Bei den Angestellten gab es den einen oder anderen verschrobenen Kerl, schrullige Eigenbrötler mit Ärmelschonern und düstere Schweiger mit buschigen Schnurrbärten, aber solche Typen gab es wohl in jedem Archiv.

Meine erste Aufgabe bestand darin, die Beziehungen Venedigs zum Orient aufzuarbeiten, ein Inventar der Orient-Archivalien zu erstellen und, nach Stichworten geordnet, eine Kartei anzulegen, mit der man sich im Thema zurechtfinden konnte. Da mich der Orient schon immer fasziniert hatte, war das nicht allzu langweilig. Allerdings stellte mich das Entziffern der alten Handschriften vor ziemliche Probleme. Das Entschlüsseln von geschwungenen Buchstaben mit Schleifen und Schlingen, das Erkennen von verschnörkelten Majuskeln, das Dechiffrieren von rätselhaften Illuminationen erforderte nicht nur viel Geduld, sondern auch den Spürsinn eines Sherlock Holmes. Nach einiger Zeit ging mir das Exzerpieren aus vergilbten Folianten auf den Geist. Es war eine Sisyphus-Arbeit, und ich fürchtete, selber wie einer dieser Schinken zu werden, mit denen ich mich ständig herumschlug.

Meine zweite Aufgabe war, im Lesesaal Aufsicht zu haben, mit Argusaugen alles zu beobachten und jede Störung zu unterbinden. Ich versuchte, so pedantisch zu sein, wie man es von mir verlangte, sorgte bei Unruhe für Stille und kontrollierte jedes verdächtige Mäppchen, das den Lesesaal verließ. Dabei kam ich mir wie ein Gefängniswärter vor, ein Türhüter, ein Carabiniere des Staubs – etwas, was ich nie hatte sein wollen.

Kurz und gut, der Tag brachte wenig Erfrischendes, und am Abend war ich erschöpft. Ich ging kaum mehr aus. Meist wollte ich einfach nur noch meine Ruhe. Abends hatte ich nicht einmal mehr die Kraft, zu lesen oder Musik zu hören. Ich lag herum, starrte an die Decke oder auf den Canale della Giudecca. Manchmal saß ich stundenlang auf einem Poller an den Zattere und stierte apathisch auf das Wasser. Ich wurde immer verschlossener, zog mich völlig in mich zurück. Ich wusste, dass ich im Archiv am falschen Ort war, hatte aber das Gefühl, dass ich durchhalten müsste. Schließlich war es meine erste feste Stelle, mein erster Vollzeitjob. Und so riss ich mich zusammen, auch wenn die Arbeit mich deprimierte und ich auf dem besten Weg war, ein seltsamer Kauz zu werden.

Ein Jahr nachdem ich die Stelle im Archiv angetreten hatte, erschien ein jüngerer Mann in meinem Büro. Er war groß, hatte dunkle Haare, wirkte gepflegt und aufgeräumt. Seine Koteletten erinnerten an alten englischen Adel. Er trug ein weißes Hemd, eine schwarze Jacke und frisch polierte Schuhe. Er sei Enzo Ranzato, sagte er, Historiker, und schreibe an einem Buch über die Geschichte des Gelato.

Ich starrte ihn an. Wie oft hatte ich in den letzten Monaten wehmütig an meinen Job bei Pippo gedacht, wie oft hatte ich mir vorgestellt, wieder in der Gelateria zu arbeiten – unter ganz gewöhnlichen Menschen den Duft von Vanille und Limone einzuatmen anstelle der muffigen Archivluft. Aber ich hatte nichts unternommen, um wieder zurückzukehren. Ich war überzeugt, dass man das Rad der Zeit nicht zurückdrehen konnte. Dass man etwas, was man hinter sich gelassen hatte, nicht einfach wieder aufnehmen konnte.

»Glauben Sie, dass Sie etwas zur Geschichte des Gelato haben?«, fragte mich Enzo. »Dottoressa Falier hat mich eigens zu Ihnen geschickt. Sie sagte, Sie hätten in einer Gelateria gearbeitet und wüssten auf diesem Gebiet bestens Bescheid.«

»Dass wir etwas dazu haben, darüber besteht kein Zweifel«, sagte ich. »Das Schwierige ist nur, die entsprechenden Titel zu finden.«

Er nickte und schaute mich erwartungsvoll an.

Ich erinnerte mich, dass wir in der Bibliothek ein Buch über Eisbomben hatten sowie verschiedene alte Kochbücher mit Rezepten für geeisten Pudding und Milcheis, die ich mir in Stunden der Langeweile angeschaut hatte.

»Interessieren Sie sich auch für Eisbomben?«, fragte ich.

»Unbedingt.«

»Wir haben ein schönes Buch dazu.«

Enzos Anliegen traf mich an einem wunden Punkt, deshalb ging ich selber in die Bibliothek, ermittelte am Zettelkasten die Signaturen und kam mit vier Bänden zurück.

Ich reichte ihm das stockfleckige Werk über Eisbomben, das 1907 mit vielen kunstvoll kolorierten Zeichnungen in einem Verlag für Konditoreibücher erschienen war.

»Fantastisch!«, rief Enzo aus, als er in den vergilbten Seiten blätterte. Er wies auf eine Abbildung einer schokoladenbraunen Othello-Bombe. Daneben fanden sich die Halbkugeln einer Ananas-Bombe und eines Schneemanns aus Eis, die Kegel von mit Palmen versehenen Kongo-Bomben, ein

Orangenkorb, eine Bombe als Turban, als Windmühle, als Schachbrett, die Bombe »Isabella«, die Bombe »Luisa« und sogar eine Bombe »San Marco«.

»Sie kennen die Geschichte der Eisbombe?«, fragte ich Enzo.

Er nickte. »Tortoni, der Besitzer des Café Royal in Paris, soll sie im 17. Jahrhundert erfunden haben. Er wollte damit dem Café Procope die Kunden abjagen. Das Procope gehörte dem Sizilianer Procopio de Coltelli. Tortoni hat ihn mit Eisbomben bekämpft.«

Ich staunte nicht schlecht. Offensichtlich kannte sich Enzo aus. Er überflog einen Abschnitt des Buches.

»Das wird mich weiterbringen«, sagte er. »Haben Sie noch weitere Raritäten zum Gelato?«

Ich legte ihm Antonio Latinis 1694 erschienenes Werk *Lo Scalco alla Moderna* vor, in dem der Autor neapolitanische Sorbet-Rezepte beschreibt, wie gefrorenes Erdbeerwasser mit eisgekühltem Doppelrahm, das mit Zucker bestreut wird.

»Wunderbar!«

»Und hier das anonyme *Nuovo Modo da farsi ogni sorte di Sorbetti con Facilità,* mit Rezepten für Milch- und Wassereis. Außerdem haben wir aus einem Vermächtnis auch noch eine Übersetzung eines deutschen Kochbuchs von 1697 erhalten, des *Freywillig aufgesprungenen Granat-Apffel Deß Christlichen Samaritans.*«

»Toll«, sagte Enzo.

»Daran werden Sie viel Freude haben, dieses Buch der Herzogin von Troppau hat einen ganz eigenen Charme. Es spricht vom Eis als Wundermittel gegen alle menschlichen Übel.«

Er nickte.

»Im Lesesaal können Sie die Werke in aller Ruhe studieren. Wenn Sie wollen, können Sie im Stichwortkatalog unter Gelato weitersuchen.«

»Fürs Erste bin ich eingedeckt«, entgegnete er. »Herzlichen Dank für Ihre Hilfe.«

»Nicht der Rede wert.« Ich bestaunte seine englischen Koteletten. Und sah ihn unverwandt an.

»Wie sind Sie eigentlich zu Ihrem Thema gekommen?«

Er kniff die Augen zusammen und schaute mich an, als blende ihn etwas.

»Oh, das hängt mit meiner Herkunft zusammen«, sagte er. »Meine Familie stammt von Sant'Erasmo. Ich bin auf der Gemüseinsel aufgewachsen. Aber einer meiner Onkel, der auch auf der Insel wohnte, hat eine Gelateria an den Zattere. Am Sonntag fuhren wir immer mit dem Vaporetto an die Zattere, um dort bei meinem Onkel ein *Gianduiotto* zu essen. Das gehört zu meinen schönsten Kindheitserinnerungen: die Vorfreude auf diesen Ausflug, der Fahrtwind, der kühle Barren, der Schlagrahm, der verschmierte Mund. Leider sind wir dann nach Padua gezogen, und es war nicht mehr so einfach, bei meinem Onkel Eis zu essen. Aber als ich an der Ca' Foscari mein Studium begann, nahm ich die alte Sitte des *Gianduiotto* wieder auf. Nicht nur sonntags, sondern täglich. Die Uni ist ja nicht weit. Und als Historiker ist es naheliegend, irgendwann der Geschichte des Gelato nachzugehen.«

Ich nickte.

»Und Sie?«, fragte Enzo nach einer Weile, »wie sind Sie zu Ihrem Traumjob hier gekommen?«

Ich biss mir auf die Lippe und starrte auf die grüne Gummiunterlage auf dem Schreibtisch.

»Ich weiß nicht, ob es ein Traumjob ist«, sagte ich schließlich. »Die meisten Anliegen unserer Benutzer sind nicht so spannend wie das Ihre. Da geht es um den Nepotismus von Päpsten, um Vetternwirtschaft oder um Ladenöffnungszeiten.

Staatliche Akten halt. Im Schnitt nicht gerade Sachen, die einen vom Hocker reißen.«

Enzo machte ein Gesicht, als ob er mir das nicht recht glauben wollte.

»Einige unserer Benutzer sind recht absonderlich, verrückte Bücherwürmer, die sich gegenseitig, ohne mit der Wimper zu zucken, umbringen würden, wenn es darum ginge, den Ruhm irgendeiner Veröffentlichung für sich in Anspruch zu nehmen.«

Ein Aktenwägelchen ratterte durch den Gang, und ein Luftzug brachte den Geruch von Moder und Schimmel ins Büro.

»Es ist ein Ort, wo einem die Vergänglichkeit so richtig ins Gesicht beißt. Wenn Sie hier arbeiten, haben Sie ständig diesen Geruch der Zersetzung in der Nase. Mit der Zeit merkt man es nicht mehr, aber er liegt immer in der Luft. Das Archiv ist ein Friedhof des Papiers. Würden wir die Schriftstücke nicht aufbewahren und konservieren, würden sie irgendwo in einem Keller verrotten. Natürlich verrotten sie auch bei uns, nur langsamer.«

»Aber so ein Archiv birgt doch auch einen ungeheuren Schatz an Erfahrungen und Leben«, warf Enzo ein.

»Sicher«, erwiderte ich, »unsere Aufgabe ist es, Totes am Leben zu erhalten, die Macht der Toten zu schützen. Mitunter ein mühsames Geschäft – man ist immer umzingelt von Totem.«

Ich knipste das Leselämpchen aus. Draußen im Gang klackte der schwere Schlüsselbund eines Mitarbeiters mit unzähligen Schlüsseln zu unzähligen Magazinen. Ich fragte mich, was mich am Archiv störte. Es war der Geist, der hier herrschte, die vielen kleinen Schildchen, die überall hingen, die tausend Gebote und Verbote. Sogar auf dem Klo stand *Fenster bitte nicht öffnen*. Diese Abschottung machte mich wahnsinnig. Dieses Bedürfnis nach pedantischer Ordnung, nach perfekter Klassifizierung. Aber das konnte ich Enzo natürlich nicht erzählen.

»Manchmal sehne ich mich in die Gelateria zurück. Nach frischer Luft. Weniger klösterlichen Mauern. Anderen Gerüchen.«

Es entstand eine Pause. Enzo schaute mich nachdenklich an.

»Mein Onkel hört in einem halben Jahr in der Eisdiele auf«, sagte er. »Er möchte die Lizenz für die Gelateria nicht verkaufen, würde sie aber gerne vermieten. Er ist auf der Suche nach einem Nachfolger, der etwas von Eis versteht. Falls Sie das interessiert, kann ich Sie mit ihm bekannt machen.«

Eine eigene Gelateria. Ich sah alles genau vor mir. Vanille-Türme, Stracciatella-Türme, Pistazien-Türme. Das Gianduiotto als Evergreen. Dazu neue Sorten, neue Aromen, neues Ambiente. Die ideale Lage am Zattere-Quai, der Flaniermeile. Nur ein paar Schritte von meiner Dachkammer entfernt. Ein verlockendes Angebot. Aber würde ich die Lizenz von Enzos Onkel bekommen? Wahrscheinlich würde er einen horrenden Betrag dafür verlangen. Und sich einen richtig erfahrenen Gelatiere als Pächter wünschen.

»Ein schöner Traum«, sagte ich, »aber ich weiß nicht, ob ich mir das leisten kann.«

»Ich werde mit meinem Onkel sprechen«, sagte Enzo. »Ich habe den Eindruck, dass das zwischen Ihnen klappen könnte. Natürlich kann ich nichts versprechen.«

Irgendwo knarrte eine Trittleiter. Dann folgte ein Moment der Stille. Wenn ich am Archiv etwas liebte, dann diese Stille.

»Lassen Sie es sich in Ruhe durch den Kopf gehen. Ich gebe Ihnen meine Karte. Wenn Sie mit meinem Onkel sprechen möchten, rufen Sie mich einfach an.«

Ich nickte. Enzo ging, und ich saß noch eine ganze Weile im Büro. Selbst als das Archiv schloss und alle Angestellten gegangen waren, wollte ich noch nicht nach Hause. Ich starrte auf einen geöffneten Karton mit verschnürten Akten und sog den Geruch des alten Papiers ein.

Ein Ort, wo einem die Vergänglichkeit so richtig ins Gesicht beißt. Ein Ort, wo man Totes am Leben erhält. Wo man die Macht der Toten schützt. Es schüttelte mich.

Erst kurz vor Mitternacht verließ ich das Archiv und ging im strömenden Regen zum Zattere-Quai. Ein rostender Baukahn schepperte gegen die Eisenstange, an der er festgemacht war. Die Mülltonnen quollen über, eine Katze huschte über das Pflaster. Die Eisdiele war verriegelt und verbarrikadiert. Kaum vorstellbar, dass hier tagsüber etwas los war. Alles wirkte verlassen und trostlos. Hätte ich mich in diesem Augenblick entscheiden müssen, wäre meine Antwort klar gewesen: nein.

10

Einige Monate später übernahm ich die Gelateria von Enzos Onkel, und mein Vater sprach zum zweiten Mal in meinem Leben kein Wort mehr mit mir. Für ihn war es eine Idiotie, eine Form von Wahnsinn, dass ich meinen sicheren Staatsposten gegen diesen zweitklassigen Job tauschte. Mit einer solchen Ausbildung Gelatiere zu werden war für ihn völlig unverständlich.

Ich jedoch war glücklich. Endlich tat ich das, was ich seit meiner Schulzeit hatte tun wollen. Endlich verkam ich nicht mehr in Schimmel und Staub. Endlich war ich mein eigener Chef. Meinen Traum erfüllte ich mit einem Darlehen von Michele. Er stellte mir einen Teil seines Erbes zur Verfügung. Und weil Enzo im Gegenzug meinen Posten am Staatsarchiv erhielt, war der Preis für die Miete der Lizenz verblüffend maßvoll.

In der Gelateria profitierte ich von den Erfahrungen, die ich bei Pippo gemacht hatte. Ich wusste, welche Sorten liefen und welche nicht, wusste von den Trends zu warmen Aromen wie Schokolade und zu Exoten wie Mango und kannte die Vorliebe der Venezianer für ihr Nougateis. Ich war mir im Klaren, dass man die Atmosphäre gestalten und die Klientel pflegen musste, war mit den Lieferanten von Rialto vertraut, hatte gelernt, mit den verschiedensten Eismaschinen und Eisbüchsen umzugehen und kannte die Tricks, wie man aus einem gewöhnlichen ein außergewöhnliches Eis machte.

Der Erfolg der Gelateria übertraf alle meine Vorstellungen. Ich investierte viel Zeit und Geld in die Ausstattung und die Einrichtung, hatte schlaflose Nächte, zitterte und bangte, stand unter unheimlichem Druck, aber vom ersten Tag an rannten mir die Leute die Bude ein – Studenten, deren Institute in der Nähe lagen, Touristen, die mit Schnellbooten von Fusina kamen, Mütter mit Kindern, Carabinieri, die eine Pause einlegten, Alte, die mit dem Einkaufswägelchen unterwegs waren, Flaneure, die genüsslich mit einem Cornetto in der Hand die Zattere auf- und abpromenierten. Die neuen Eissorten – Maracuja, Guave und Macadamia – sprachen sich schnell herum, das Gianduiotto wurde in einem Artikel des *Gazzettino* als das beste Eis von Venedig gefeiert, und die Eisbomben, die man auf Bestellung haben konnte, entpuppten sich als wahre Renner. Auch Klassiker wie Erdbeer, Heidelbeer, Orange und Panna Cotta liefen gut – am besten allerdings lief mein geliebtes Vanille.

Vor und nach dem Gelatieren musste gerüstet, geputzt und aufgeräumt werden. Alles musste einwandfrei sein. Der Arbeitsplatz hatte blitzsauber zu sein, Putzlappen und Glasreiniger waren genauso wichtig wie Eis und Zange. Neben der Arbeit hinter der Theke war ich mit organisatorischen Aufgaben ausgefüllt. Ich kümmerte mich um Buchhaltung und Personal, um Preise und Termine und hatte kaum noch eine freie Minute. Trotzdem durchströmte mich ein Glücksgefühl, wenn ich die strahlenden Gesichter der Kunden sah. Die Caramelita auf dem Kinn eines Mädchens, die Stracciatella an der Nase eines Jungen, das selbstvergessene Lecken eines Professors an einer Limonenkugel – all das gab mir das Gefühl, das Richtige zu tun. Und wenn die Contessa Rosa Barnabo durch ihren Hausdiener ausrichten ließ, wie göttlich das Gianduiotto gewesen sei, freute ich mich wie ein kleines Kind.

Das Beste an dem Job war, dass Dinge, die verschwommen in meinem Kopf dümpelten, nach und nach Gestalt annahmen, zu riechen und zu schmecken begannen und schließlich in aller Munde waren. Es gefiel mir, nach neuen Aromen zu suchen, zu tüfteln, zu mischen und zu rühren, zu probieren, zu verwerfen und immer weiter zu raffinieren. Bei manchen Kreationen war es ein Degustieren ohne Ende, ein Abwägen und Ablehnen und Wiedererwägen, ein Kampf um Nuancen, Feinheiten, einen Tropfen Amaretto, eine Prise gemahlener Mandeln, bis das filigrane Gefüge stimmte, die Balance ausgewogen, das Eis perfekt war. Wenn mich etwa eine Mischung aus Cassis und Johannisbeeren überzeugte, dann bot ich sie an und fragte die Leute, was sie davon hielten.

Der Zuspruch des Publikums war überwältigend. Abends war ich erschöpft, aber zufrieden. Ich hatte nicht wie im Archiv das Gefühl, das Leben zu verpassen. Ich war da, wo ich hingehörte, mitten im Leben, und ich bekam eine ganze Menge mit. Man traf sich auf einen Eisbecher in meiner Gelateria, und so war ich stets auf dem Laufenden, wer mit wem zusammen war, anbandelte oder gerade ins Geschäft kam. Ich musste weder Zeitung lesen noch fernsehen, sondern schnappte News und Klatsch hinter der Theke auf. Wie einem Coiffeur schüttete man mir das Herz aus, und nicht selten kam ich mir wie ein Seelendoktor vor, wie ein Eispsychiater, der Trostsuchende mit einem Sorbet wieder mit sich selbst und der Welt versöhnte.

Auch finanziell war das Ganze kein schlechtes Geschäft: Schritt für Schritt konnte ich Michele meine Schulden zurückzahlen. Und zum ersten Mal in meinem Leben musste ich mir überlegen, wie ich mein Geld sinnvoll anlegen sollte.

Was die Gelateria betraf, schien ich ein goldenes Händchen zu haben. Alles, was ich in Sachen Eis anfasste, schien überraschenderweise zu gelingen. Aber ich war noch immer alleine. Seit meinem Erlebnis mit Elisa hatte ich mich aus Liebesdingen völlig zurückgezogen. Ich ließ jede Annäherung, jeden Flirt im Sand verlaufen. Jetzt aber überkam mich mit einem Mal tiefe Einsamkeit. Wenn ich eine Creme raffinierte, fiel ich in ein Loch, wenn ich ein Pärchen bediente, zog sich etwas in mir zusammen. Plötzlich hatte ich einen ungeheuren Hass auf einen schnauzbärtigen Herrn, der jeden Tag zwei Schokoladen-Waffeln für sich und seine Frau kaufte. Zweifellos gab mir der Job als Gelatiere viel, er erfüllte und bereicherte mich, und mein Enthusiasmus hatte endlich ein Ziel. Doch je mehr ich in der Arbeit aufging, umso mehr schien mir, dass ich in der Liebe ein Versager war. Die meisten meiner Mitschüler und Kommilitonen hatten schon geheiratet oder waren in festen Händen. Ich hingegen hatte, außer mit Noemi, noch mit keinem weiblichen Wesen eine halbwegs vernünftige Freundschaft zustande gebracht.

In schlechten Stunden fragte ich mich, ob ich zurückgeblieben war oder der Arbeit zu viel Gewicht verlieh. War das der Schaden, von dem die anderen immer gesprochen hatten, der Schaden, den ich als Einzelkind haben musste?

Auf jeden Fall wurde mir klar, dass in Sachen Liebe etwas geschehen musste. Ich wollte aktiver werden, mich bewegen, die Dinge in die Hand nehmen. Natürlich konnte ich eine Frau, die zu mir passte, nicht einfach aus dem Freezer zaubern. Aber ich konnte mich mehr öffnen. Gelegenheit für Kontakte hatte ich genug. Frauen mochten mich. Sie warfen mir Blicke zu. Bloß merkte ich es nicht. Meist mussten andere mich darauf hinweisen, wenn mir jemand schöne Augen machte. Aber auch das half nichts. Ich verglich alle mit Noemi. Und ich hatte Angst vor neuem Ärger, weiteren Verletzungen, neuem Schmerz.

Trotzdem begann ich, mich vorsichtig umzuschauen. Ich hielt die Augen offen. Aber wie immer, wenn ich die Augen offenhielt, sah ich nichts oder so viel, dass es mich verwirrte. Hätte ich mich nicht umgeschaut, wären mir die Frauen vielleicht zugeflogen. So aber blieb alles, wie es war.

Dann tauchte Paolina auf. Ich sah sie zum ersten Mal in einer Diskothek in der Nähe des Bahnhofs. Vom ersten Augenblick an faszinierte mich die Art, wie sie tanzte. Allein wie sie sich bewegte, war bezaubernd. Sie hatte lange dunkle Haare, funkelnde grüne Augen, eine spitze Nase und ein Strahlen, das mich aus der Fassung brachte. Ich hatte keine Ahnung, wer sie war, bis Pietro auf mich zukam und mich fragte, ob ich die Brünette auf der Tanzfläche kenne. Ich schüttelte den Kopf.

»Das ist Paolina, meine Ex«, brüllte er mir ins Ohr, während *Age of Aquarius* aus den Lautsprechern dröhnte.

Ich hätte nicht gewagt, sie anzusprechen, aber wenn es Pietros Ex war, lag die Sache anders.

»Ein wahnsinnig gutes Mädchen, eine tolle Frau«, sagte er, nicht ohne Stolz, mit einer solchen Schönheit zusammen gewesen zu sein. Er legte mir die Hand auf die Schulter.

»Kein Vergleich mit den Zwillingen«, sagte er. »Wenn du willst, stelle ich sie dir vor.«

Seine großspurige Art ging mir auf den Wecker. Aber Paolina war so sehr ins Tanzen versunken, dass an ein Vorstellen nicht zu denken war. Wie in Trance drehte sie sich über die Tanzfläche und ging ganz in den schnellen Rhythmen auf. Jede ihrer Bewegungen war rund und harmonisch, nichts Falsches war in ihren Schritten und Drehungen, nichts Aufgesetztes – sie schien völlig eins mit der Musik.

Ich beobachtete sie und blieb in dem verrauchten Schuppen, bis sie ihn um drei Uhr nachts verließ. Vor dem Lokal alberte sie noch mit einer Gruppe von Leuten herum. Zwei Typen bemühten sich um sie, aber vergebens. Ich stand etwas abseits und wartete, vielleicht ergab sich eine letzte Gelegenheit für einen Blickkontakt, ein Lächeln, ein scheues »Ciao«. Dass sie so lange geblieben war, schien mir ein Zeichen, dass sie keinen Freund hatte. Das versetzte mich in Hochstimmung. Aber obwohl ich in der Nähe herumlungerte, bemerkte sie mich nicht. Hätte ich etwas sagen sollen? Doch es war drei Uhr nachts, nicht gerade die Zeit, wo man mit Unbekannten ein Gespräch anfängt. Ich hing herum, bis Paolina mit ihrer Freundin ein Boot bestieg und in der Dunkelheit verschwand.

In der Hoffnung, sie zu treffen, ging ich am nächsten Wochenende wieder in die Diskothek, aber sie war nicht da. Die anderen Mädchen, die im »Casanova« über die Bretter wirbelten, interessierten mich nicht. Enttäuscht nahm ich das Vaporetto und fuhr nach Hause. Diskotheken hatte ich noch nie wirklich gemocht. Die meisten Leute darin benahmen sich unnatürlich, und die Frauen waren oft schrecklich aufgetakelt. In einer Diskothek hatte ich noch nie eine interessante Frau kennengelernt. Warum sollte sich das plötzlich ändern?

Nachdem Pietro vergeblich versucht hatte, uns zu einem gemeinsamen Essen einzuladen, gab er mir ihre Adresse und meinte, ich sollte sie einfach anrufen, das würde sie beeindrucken. Ich wusste, dass ich das nicht konnte, trotzdem war es beruhigend, ihre Adresse auf einem Zettelchen in den Händen zu halten.

Das Zettelchen in meiner Hosentasche ließ sie in gewisser Weise bei mir sein. Es brachte mich auf die Idee, ihr einen Brief zu schreiben. Auch wenn es ein ungewöhnlicher Weg war, an sie heranzutreten, war ich mir sicher, dass sie darauf reagieren würde.

Ich schrieb ihr, dass ich sie vor ein paar Wochen im »Casanova« gesehen hätte, dass mir ihre Art zu tanzen gefallen hätte, dass ich von Pietro ihre Adresse hatte und dass ich sie gerne auf ein Gelato an die Zattere einladen würde. Es war kein aufregender Brief, aber ich kannte sie ja nicht.

Eine Woche lang hörte ich nichts. Ich saß wie auf Kohlen. Mein Optimismus wandelte sich allmählich in Ernüchterung. Nach zehn Tagen gab ich auf. Offenbar war das nicht der Weg, jemanden kennenzulernen. Nach zwei Wochen jedoch, als ich die Sache schon abgehakt hatte, erschien sie in der Gelateria. Barsch fragte sie mich, ob ich Alvise sei. Dann legte sie los. Auf diese Weise von Mann zu Mann weitergereicht zu werden, mache sie stinkesauer. Sie fluchte über Pietro, der, ohne zu fragen, ihre Adresse herausgerückt hatte. Und sie fand es unmöglich, dass ich ihr einen Brief geschrieben hatte.

Eine solche Reaktion hatte ich nicht erwartet. Immerhin stand sie nun in meiner Gelateria, wenn auch mit grimmigem Gesicht. Ich bat sie, sich zu beruhigen und bot ihr meine »Frutti dimenticati« an – einen Eisbecher mit Azerapfel, Kornelkirsche, Biricoccoli, Mispeln und einem Schuss Likörwein. Trotz allem hatte die Neugier sie in die Eisdiele geführt, und auch wenn sie verärgert war, so wusste sie nun doch, was das für ein unmöglicher Kerl war, der ihr einen so unmöglichen Brief geschrieben hatte.

Das Eis schlug sie nicht aus. Ich bereitete es mit aller Liebe zu. Die »Frutti dimenticati« hatten mich schon einmal aus einer heiklen Situation gerettet. Und tatsächlich: Als ich ihr das Eis servierte, leckte sie erst widerwillig daran, beruhigte sich dann aber Löffel um Löffel. Die Mischung mit dem »Vino passito« schien ihr zuzusagen. Je mehr das Mürrische aus ihren Zügen wich, desto mehr kam wieder die Anmut zum Vorschein, mit der sie in der Diskothek getanzt und mich bezaubert hatte – wie elegant sie den Löffel hielt, wie süß sie an den Kugeln schabte, wie genüsslich sie das schmelzende Eis auf der Zunge zergehen ließ, all das ließ mein Herz höher schlagen. Es war eine Freude, ihr beim Essen zuzusehen. Mir hatte ich ein Haselnusseis mit Quark, kandierten Früchten und einem Früchtekompott zubereitet.

Paolina taute nach und nach auf. Sie schaute mich an und schüttelte den Kopf.

»Wie kann ein Mann wie du nur eine solche Aktion starten?«, fragte sie ungläubig. »Findest du das nicht ein wenig pubertär?«

»Pubertär?«

»Ja. Du führst hier eine Gelateria, trägst Verantwortung, und dann verhältst du dich mir gegenüber wie ein siebzehnjähriger Teenager.«

»Ich glaube nicht, dass ich mich wie ein Teenager verhalten habe«, sagte ich. »Ist es pubertär, einen Brief zu schreiben?«

»Nein, natürlich nicht, aber du hättest mich ansprechen können.«

»Und wenn ich das nicht konnte?«

»Aber das wäre doch viel einfacher gewesen. Das kann jeder!«

»Nein, das kann nicht jeder. Ein gutes Vanilleeis kriegt auch nicht jeder hin. Außerdem sind wir uns seit dem Abend in der Diskothek nie mehr begegnet.«

Ich hatte ihr einen netten Brief geschrieben und wollte sie kennenlernen, mehr nicht. Was sollte daran falsch sein?

»Ist es erwachsen, so genervt auf so einen Brief zu reagieren?«

»Willst du etwa sagen, dass ich mich nicht aufregen soll, wenn mich mein Exfreund an einen anderen weiterverschachert?«

Ich schwieg. Pietro hatte mir nur ihre Adresse zugesteckt. Und wenn das mein Leben war, dann konnte ich ihr so viele Briefe schreiben, wie ich wollte. Aber sie konnte es sich offensichtlich leisten, die Zicke raus hängen zu lassen.

»Nein, das will ich nicht sagen«, entgegnete ich, »aber vielleicht ist es tatsächlich so, dass Schönheit den Charakter verdirbt.«

Es entstand eine Pause. Sie schaute mich mit großen Augen an. Ich nahm an, dass unsere Unterhaltung damit beendet war.

Aber ich täuschte mich. Nach der ersten Überraschung lachte sie laut auf.

Merkwürdig, dachte ich. Ging ich auf sie zu, wollte sie nichts von mir wissen, griff ich sie an, strahlte sie wie ein Honigkuchenpferd. Immerhin war das Eis nun gebrochen. Sie lobte die »Frutti dimenticati«, die Biricoccoli hatten es ihr angetan.

»Wo hast du dieses wunderbare Rezept her?«, fragte sie.

»Ich bin ein Tüftler«, sagte ich. »Ich probiere alles aus. Manchmal muss ich aufpassen, dass ich mir nicht den Magen verderbe, so viel Eis esse ich, um meine Kreationen zu raffinieren. Und ich besitze Kochbücher aus Großmutters Zeiten, aus denen man einiges lernen kann.«

Sie zog sich eine Zigarette aus dem Handtäschchen. Ich gab ihr Feuer. Für einen Moment starrten wir beide auf das Flämmchen.

»Diese Biricoccoli zum Beispiel«, fuhr ich fort, »sind eine Kreuzung aus Aprikose und Pflaume. Vielleicht etwas mehr Pflaume. Ein erfrischendes, aber auch verwirrendes Arom. Damit lässt sich jeder Gaumen kitzeln.«

»Dann bist du ein professioneller Gaumenkitzler?«

»Na ja …«

»Ein zuckersüßer Zwischenaromatiker?«

Ich musste lachen.

»Ein mit allen Wassern gewaschener Zungencasanova?«

»Nicht ganz so schlimm.«

»Aber du scheinst dir ziemlich viel überlegt zu haben, wie du dein Geschäft aufziehst.«

»Überhaupt nicht«, sagte ich. »Ich stelle mir einfach vor, in was für eine Gelateria ich gerne gehen würde und was für Eis ich dort essen möchte. Ich hätte keine Lust auf Nullachtfünfzehneis von einem Großverteiler. Ich hätte keinen Bock auf die immer selben Sorten. Natürlich ist es klug, Klassiker wie Vanille und Erdbeer im Angebot zu haben, aber geschmacklich Neues auszuprobieren macht mehr Spaß.«

Ich löffelte an meinem Haselnusseis und schaute mich um. Die Gelateria war gut besucht, und Antonio, der Student hinter den Eiskästen, hatte alle Hände voll zu tun. Er war so beschäftigt, dass ich seine Kollegin aus der Pause zurückbeordern musste.

»Vorher arbeitete ich im Staatsarchiv«, fuhr ich fort. »Ich war ein Sklave der Träume anderer – ihrer Träume von der Rückkehr zum Ursprung, ihrer Suche nach der verlorenen

Zeit. Ich war begraben unter Geboten. Ich konnte nicht mal aufs Klo, ohne dass da *Fenster bitte nicht öffnen* stand. Es ist kein Zufall, dass griechisch »arché« nicht nur »Anfang«, sondern auch »Gebot« bedeutet. Nach und nach verlor ich den Glauben daran, dass es etwas gab, was das Aufrühren all dieses alten Staubs rechtfertigte. Manchmal war ein richtiger Hass auf das Archiv in mir. Die Arbeit war so stumpfsinnig, dass ich am liebsten alles ausgelöscht und vergessen hätte. Hier ist es ganz anders. Ich lebe meine Träume, und die Gebote stelle ich selbst auf. Es gibt nichts Vergänglicheres als das Gelato, man kann es nicht aufbewahren, aufheben, man muss es gleich essen, sonst zerläuft es und ist kein Eis mehr. Es erträgt keinen Aufschub und zwingt mich, ganz im Jetzt zu leben.«

Ich machte eine Pause und sah zu, wie Antonio ein Gianduiotto über die Theke reichte.

»Ist das nicht wahnsinnig schwierig, immer ganz im Jetzt zu sein?«

»Klar«, sagte ich, »aber nicht immer gleich.«

Gerade war es gar nicht schwierig, auch wenn mich ihre Blicke einen Moment lang aus dem Konzept brachten.

»Das Paradoxe ist, dass Eis immer auch an früher erinnert, an die Zeit, in der man ein Kind war und die bunt eingepackte Rakete auf der Kiosktafel alles Glück auf Erden versprach. In gewisser Weise ist auch das Gelato ein Archiv – eines, das die Erinnerung weckt, indem es sich auflöst.«

Ich blickte auf den leeren Eisbecher und den Löffel, der darin lag. Ich blickte auf das lange, leicht gewellte Haar Paolinas. Und ich blickte in ihre strahlenden grünen Augen.

»Und du?«, fragte ich schließlich. »Was machst du?«

»Nichts Aufregendes. Ich bin Beraterin bei der Carive, der Cassa di Risparmio di Venezia. Ich betreue dort die Kunden mit einem dicken Portefeuille.«

»Wenn man sich leicht aufregt, braucht man ja nicht noch einen aufregenden Job.«

Sie lachte und fuhr mit dem Finger um den Rand des Eisbechers.

»Das Bankfach ist etwas Praktisches, Handfestes. Das gefällt mir. Es ist nichts Abgehobenes, sondern bodennah. Natürlich sind die Kunden mit einem dicken Portefeuille nicht immer die einfachsten. Aber ich habe gelernt, mit ihnen umzugehen.«

»Und wie geht man mit denen um?«

»Man kitzelt ihren Geldriecher, gefriert ihren Verstand und sahnt dann ab.«

Wenn sie ihre widerspenstige Art ablegte, war sie umwerfend. Die Weise, wie sie schaute, wie sie Rauchkringel in die Luft blies, wie sie mich auf den Arm nahm, fesselte mich. Nach und nach schien mir, als hätte ich sie schon mein ganzes Leben lang gekannt. Es war eine Vertrautheit zwischen uns, ohne dass wir viel sprechen mussten. Für Momente meinte ich Noemi gegenüberzusitzen. Ich vergaß die Irritationen des Anfangs, vergaß, dass in den ersten paar Worten schon alles angelegt war, was folgte. Ich hatte nur noch ihr Strahlen vor Augen, ihre Schlagfertigkeit, ihren Humor.

Trotz allem gab sich Paolina reserviert, als sie sich verabschiedete. Nicht das leiseste Signal, dass sie bereit war, sich auf etwas einzulassen. Ich fragte mich, ob sie mit Menschen rasch Nähe herstellen konnte, sich dann aber gleich wieder entzog. Oder ob es vielleicht doch einen Freund gab – darüber hatten wir nicht gesprochen.

Nachdem ich sie zum Vaporetto gebracht hatte, ging ich in die Gelateria zurück und setzte mich an den Platz, an dem wir gesessen hatten. Ihr Eisbecher war abgeräumt, doch ein Gemisch von Zigarettenrauch und einem Hauch ihres Parfums hing noch im Raum. Ich schloss die Augen, sog diesen Geruch ein und versuchte, etwas herauszuriechen. Aber alles blieb in der Schwebe.

11

Ohne mich zu fragen, nominierte mich Pippo für die »Coppa d'Oro« in Longarone, eine Art Oscar-Verleihung für Gelatieri. Mich hinter meinem Rücken bei diesem Wettbewerb anzumelden, wo man vor einer Jury ein Eis zubereiten musste, passte mir gar nicht in den Kram. Eine Eismesse, eine »Mostra Internazionale del Gelato«, schien mir das Letzte, was ich gerade brauchte. In meiner Gelateria war unheimlich viel los. Ich konnte nicht einfach weg.

Trotzdem reiste ich in die Provinz Belluno im Veneto. Mit Herzblut bereitete ich am Fuße des Monte Toc, wo vor Jahren ein Bergsturz das halbe Tal und halb Longarone verschüttet hatte, ein Honig-Safran-Eis mit in Rotwein gedünsteten Pfirsichschnitzen zu. Ich nannte das Ganze »Addolcente per arbitri di calcio«, Gesüßtes für Fußballschiedsrichter, erwartete den Entscheid der finster dreinschauenden Juroren – und gewann.

Ohne Namen, ohne Beziehungen, ohne Geld kam ich zu diesem Preis. Ich hielt die »Coppa d'Oro« in den Händen, den »Oscar mondiale del gelato artigianale«. Die Jury hielt mich für den Del Piero des Eises. Sie lobte mein »Addolcente per arbitri di calcio«, das sich raffiniert der kulinarischen Tradition bediene, in seiner außergewöhnlichen Komposition aber verblüffend eigenständig erscheine und zu erwartende Geschmackstrends präzise und unprätentiös vorwegnehme. Nicht zuletzt rühmte die Jury meine hohe Risikobereitschaft, auf ein altes provenzalisches Rezept zurückzugreifen. Einen Tag später stand mein Name in der *New York Times.* Ich dachte an Noemi. Vielleicht würde sie den Artikel lesen. Ich war völlig aus dem Häuschen und ballte im heruntergekommenen Hotelzimmer in Longarone die halbe Nacht die Faust gegen die Decke, sprang immer wieder aus dem Bett und starrte wie ein Mondsüchtiger zum hölzernen Christus. Aber als ich wieder im Dorsoduro hinter der Theke stand, war es Paolina, die mich zu meiner Überraschung anhimmelte. Sie hatte mich im Fernsehen gesehen, wie ich von Station zu Station herumgereicht wurde, von der RAI zu den Privatsendern und von denen wieder zur RAI, und plötzlich war sie sich über ihre Gefühle klar geworden. Sie vermisste mich.

Im Grunde hatte ich sie schon abgeschrieben, zwei Monate lang hatte sie alles in der Schwebe gelassen, sich nicht definitiv getrennt von ihrem Freund, einem toskanischen Metallbauschlosser. Und nun das. Ich hatte Noemi gesucht und Paolina gefunden. Und ich hatte diesen Oscar gewonnen.

Zwei Tage später zogen wieder düstere Wolken auf. In der Gastro-Beilage von *La Repubblica* erschien ein bösartiger Verriss meines »Addolcente per arbitri di calcio« – das Honig-Safran-Eis sei altbacken und von vorgestern, der Safran sei von minderer Qualität, der Barolo nehme den Pfirsichen jede Raffinesse, und auch der Berghonig sei nicht über alle Zweifel erhaben. Zu grell sei die Farbe des Eises, zu plakativ sein Geschmack, zu künstlich sein Bouquet. Die Jury habe sich auf den kleinsten gemeinsamen Nenner kulinarischer Vernunft geeinigt, habe sich vom verräterischen Glanz und der Effekthascherei dieses Gelato täuschen lassen, was angesichts der kunstvollen Kompositionen anderer Kandidaten geradezu fatal sei. Verfasserin des Artikels war eine der Jurorinnen von Longarone. Ich traute meinen Augen nicht. Palmiro Fabbri von der Gelateria Segafreddo in Sansepolcro, der auf dem zweiten Platz gelandet war, hätte die »Coppa d'Oro« für sein Zimtparfait mit Portweinbirnen viel eher gebührt. Fabbri sei bei der Präsentation weit subtiler zu Werke gegangen, ich hingegen hätte das Eis lieblos auf geschmacklosen Tellern serviert. Ich kochte vor Wut. Die Jurorin hatte mir nach der Preisverleihung noch gratuliert, die Hand geschüttelt, auf die Schulter geklopft, war auf Einladung der Accademia della Gelateria Italiana zum festlichen Nachtessen zu meinen Ehren mitgekommen – und hatte mir gegenüber gesessen.

Kleinere Blätter übernahmen den Verriss – mehr oder minder wörtlich: Der Geschmack meines Gelato sei zu künstlich, »mein« Zimtparfait mit Portweinbirnen zu altbacken, ihm fehle die Raffinesse des Honig-Safran-Eises des Zweitplatzierten. Ich hätte mein Dessert für Fußballschiedsrichter schön präsentiert, Teller allein machten aber noch keinen Oscar.

Die nächsten Tage kamen ständig Leute in die Gelateria, die mich auf diese Artikel ansprachen – Bekannte wie Unbekannte. Ich begann schon zu bedauern, dass ich diese »Coppa d'Oro« gewonnen hatte, und fragte mich, ob es nicht besser gewesen wäre, keine Aufmerksamkeit auf sich zu ziehen und die Arbeit wie tausend andere Gelatieri bescheiden und ohne Aufsehen zu erledigen.

Paolina widersprach. Sie liebte mich, gerade weil ich etwas wagte. Sie meinte, ich müsse etwas lernen aus dem Ganzen, dies sei ein wichtiger Moment in meinem Leben.

»Nur du kannst wissen, was es ist«, sagte sie, »aber ich glaube, du stehst an einer Art Scheideweg.«

Das klang nicht schlecht, auch wenn mir nicht klar war, was für ein Scheideweg das sein und was ich daraus lernen sollte. Dass Takt, Maß und Fairness Dinge von gestern waren? Dass man jederzeit bejubelt, aber auch abgeschossen werden konnte? Dass man mit Behauptungen und Geplapper eine Existenz zu zerstören vermochte?

Letztlich schadeten die Berichte weniger meiner Gelateria – ich hatte noch mehr Zulauf als sonst, ja, ich hätte eine zweite aufmachen können – als vielmehr mir selbst. Ich ging nicht mehr so frisch und unbekümmert ans Werk, ich machte mir Gedanken, wo ich sonst der Intuition freien Lauf gelassen hatte, ich krallte mich an Technik und Handwerk, statt meinem Instinkt zu vertrauen. Ich hatte keine Lust mehr, alles zu geben, wenn ich dafür zur Schnecke gemacht wurde. Hatte ich mein Herzblut in dieses Honig-Safran-Eis gelegt, um mich auf diese Weise angeifern zu lassen? Auf einen Schlag verloren meine Kreationen an Raffinesse. Dass jedermann irgendeinen Mist über mich in die Welt setzen konnte, hatte mich so tief getroffen, dass ich diesen Mist nun selber baute. Dabei hätte ich mit geschwellter Brust die Zattere auf- und abpromenieren können.

Im einen Augenblick war ich niedergeschlagen und zu Tode betrübt, im nächsten ritt ich auf einer Welle von Glück. Mit Paolina erlebte ich auf den Ausfahrten nach Torcello oder San Francesco del Deserto schöne Momente, wir küssten uns auf dem Boot, auf Attilas Thron und unter den Zypressen, wo Franz von Assisi mit den Vögeln gesprochen hatte, hörte ich aber in der Gelateria von einem neuen Artikel über »mein« Zimtparfait, packte mich wieder der Zorn. Ich musste lernen, dass Öffentlichkeit etwas Zweischneidiges, Zwiespältiges war. Ich musste begreifen, dass manche Medien dieselben Floskeln stereotyp wiederholten und selbst diese noch verdrehten. Es war konsternierend, wenn Leute, die noch nie ein Eis von mir gegessen hatten, über mich urteilten, als ob sie schon lange an die Zattere kämen und es schon immer gewusst hätten. Es war ernüchternd, wenn selbst ernannte Gourmetpäpste, die eine Ahnung von Calamari und Aragoste, nicht aber von Gelati hatten, so taten, als seien sie die ultimativen Eis-Kenner.

Paolina machte sich Sorgen, weil ich seit dem Erscheinen dieser Berichte in der Nacht mit den Zähnen knirschte und oft missmutig und verdrossen war.

»Du bist nicht mehr du«, sagte sie eines Abends unvermittelt, als ich mit traurigem Gesicht eine Caramelita zu einem Turm drapierte. »Du könntest ja auch an den Oscar denken anstatt an diese Verrisse.«

Sie schaute mich auf eine Weise an, dass ich wusste, dass ich mich zusammenreißen musste. Aber ich war ein schlechter Schauspieler. Das Einzige, was mich tröstete, war, dass die Artikel nach und nach verebbten – es gab zum Glück Wichtigeres als einen Eis-Oscar und Portweinbirnen aus Sansepolcro. Nach einer Weile hatten die Leute die Verrisse vergessen. Kaum jemand sprach mich noch darauf an. Und wenn, dann hieß es, die Zeitungen seien auch nicht mehr wie früher.

»Ich liebe dieses Eis«, sagte etwa eine Marktfrau vom Rialto, »herrlich, das beste Eis von Venedig, das beste Eis.«

So kam es, dass ich bei dem großen Fest, das Michele zu meinem zweiunddreißigsten Geburtstag mit zweiunddreißig Gästen in einem Saal des Hotel Bauer ausrichtete, mit der Welt wieder einigermaßen versöhnt war. Es war ein rauschendes

Fest – als Aperitif wurde Sangria serviert, worauf ein mehrgängiges Menü folgte. Die Vorspeise war eine feine Hummersuppe, der *primo piatto* eine kunstvolle Komposition aus Pilzen und Peperoni und der *secondo piatto* ein Arrosto di vitello, ein knuspriger Kalbsbraten mit frischem Gemüse von Sant'Erasmo. Zum Dessert gab es eine Eistorte, die in Form einer verführerischen Venus modelliert war. Zweiunddreißig »Aaahs« und »Ooohs« begleiteten das Auffahren der kolossalen Torte, die so schön war, dass man sie gar nicht in Stücke schneiden wollte. Und doch hätte man diesen üppigen Eiskörper am liebsten gleich verschlingen wollen, gleich lecken an den von rotbraunen Eishaaren umflossenen Rundungen. Aber niemand wagte den ersten Schritt, und auch die Kellner zögerten und schienen zu zweifeln, ob sie diese Göttin, diese Lustbombe, dieses makellose Meisterwerk des Gelato artigianale wirklich anschneiden durften. Es handle sich, wie der Maître de Service mit gedämpfter Stimme verriet, um eine *Venere di Venezia*, eine Venus von Venedig, dem berühmten Gemälde Tiepolos nachgebildet. Aber schließlich siegte der Genuss über das Erstaunen, und nachdem ich die zweiunddreißig Kerzchen unter Applaus in einem Zug ausgeblasen hatte, erhielt ich das erste Stück der Venus, ihre linke Brust, ich wusste nicht, warum der Kellner nicht mit dem Kopf anfing, wie es logisch gewesen wäre, aber ich erhielt ihre Brust, in der, wie ich bald merkte, ein Herz aus Mandarineneis steckte, ich ließ mir diese Brust auf der Zunge zergehen und konnte mir nichts Besseres vorstellen. Dieses Vanilleeis mit seinem Mandarinenherz hatte einen Geschmack, ein Bouquet, das mich hinriss. Und wieder gab es zweiunddreißig »Aaahs« und »Ooohs«, als die Venus zerschnitten war und alle ihr Stück hatten und zum ersten Mal daran leckten, so fein war dieses Eis, so zart, so himmlisch. Die meisten aßen ganz langsam, andächtig beinahe, jedes Löffelchen wurde mit Bedacht zum Mund geführt, an allen Tischen war die Furcht spürbar, der Genuss könnte zu schnell vorbei sein. Als die Torte endlich verzehrt war, lag Melancholie im Raum. Die einen rauchten, andere gingen nach draußen, um sich den Kopf durchlüften zu lassen.

Benommen vom Wein und der Venus schwankte ich zur Toilette des Hotels, das ich seiner hässlichen Architektur wegen immer gehasst hatte. Warum Michele das Fest ausgerechnet in diesem scheußlichen Betonklotz ausrichtete, hatte ich nicht verstanden, es hätte billigere und schönere Orte gegeben, aber Michele hatte darauf bestanden, und nach dem lukullischen Essen wusste ich, warum. Ich setzte mich auf die Brille, erledigte mein Geschäft und wollte nach dem Papier greifen, als ich merkte, dass nur noch der leere Karton im Halter steckte. Ich drehte mich um und suchte nach der Ersatzrolle, schaute auf dem Spülkasten, darunter, in den Ecken, auf dem Fenstersims und neben dem Heizkörper, aber da war nichts. Ich fluchte und schüttelte den Kopf. Ich saß auf der Toilettenbrille in einem der exklusivsten Hotels der Welt – ohne Rolle. Von draußen drang das Schlabbern des Wassers herein und der Gesang eines Tenors, der auf einer Gondel sang, so temperamentvoll, dass ich die Situation für einen Moment vergaß. Manche dieser Sänger auf den Gondeln waren peinlich, andere Künstler. Dieser hier gehörte zu Letzteren – wie er *La donna è mobile* in die Luft schmetterte, war grandios.

Während der Part aus *Rigoletto* erklang, wurde die goldene Türklinke gedrückt, immer und immer wieder, offenbar musste jemand dringend aufs stille Örtchen. Ich ärgerte mich über den Klinkendrücker, er sah doch, dass besetzt war, warum suchte er sich nicht eine andere Toilette, es gab genug in diesem riesigen Hotel, nur ein Idiot konnte die Klinke eines besetzten Klos immer wieder runterdrücken und denjenigen, der hinter der Tür sein Geschäft verrichtete, derart unter Druck setzen. Ich ärgerte mich aber auch über mich selbst, denn ich hatte in den Hosentaschen gekramt und festgestellt, dass ich kein Papiertaschentuch dabei hatte wie sonst immer, bei dieser Geburtstagshose hatte ich nicht daran gedacht, sie mit Taschentüchern auszustatten, und nun stand ich da, mit heruntergelassener Hose, während der Klinkendrücker draußen, der für einen Moment abgelassen hatte, nun wieder wie ein Idiot auf die Klinke drückte, ein Wunder, dass er nicht gegen die Tür klopfte oder polterte, dass er sich nicht wie ein Carabiniere mit aller Kraft dagegen stemmte und einbrach, während durch das Fenster noch immer der herzzerreißende Gesang des Tenors drang. Aber ich konnte in diesem Zustand nicht einfach die Hose hochziehen und hinausgehen, um vielleicht auf der Damentoilette eine Rolle zu finden. Ich wartete, bis der Klinkendrücker einhielt, öffnete dann mein Hemd, streifte es ab, hing es an den Türhaken, zog mein hellblaues Unterleibchen aus, machte es nass und versuchte mich so zu säubern. Es war ekelhaft, wie hätte es anders sein können, sich mit dem eigenen Leibchen abzuwischen, war ekelhaft. Aber es gelang mir nicht schlecht, mich zu reinigen, und als ich fertig war, warf ich das Leibchen durch das Fenster in den Kanal. Einigermaßen sauber, dachte ich und beschloss, noch ein wenig zu warten, bis ich trocken war und die Geburtstagshose wieder hochziehen konnte, als es schon wieder losging mit der Türklinke und ich ein Fluchen hörte, während ich immer noch mit heruntergelassener Hose dastand und dem Sänger auf der Gondel nachtrauerte, der in der Zwischenzeit um die Ecke gebogen sein musste. Mucksmäuschenstill harrte ich aus, bis draußen eine Tür knallte.

Nun wurde ich langsam trocken, ich durfte es wagen, meine Hose hochzuziehen und mein papierloses Bagno zu verlassen, ich öffnete die Türe und wusch mir im Vorraum die Hände, dann trat ich ins Foyer, schaute nach links und nach rechts, aber kein Klinkendrücker war zu entdecken, weit und breit kein Klinkendrücker, und ich gesellte mich wieder in den Saal zu den anderen, gab mich dem Wein hin, den Worten und den guten Wünschen.

12

Am nächsten Tag hatte ich ein flaues Gefühl. Paolina rief mich an, und noch während wir sprachen, krümmte ich mich vor Bauchschmerzen. Ich rannte auf die Toilette. Der Durchfall war heftig, der Gestank nicht minder, die Schüssel scheußlich verschmiert.

Als ich aus meiner Dachkammer aufbrach, um in der Gelateria nach dem Rechten zu sehen, fror und schüttelte es mich, dass ich gleich wieder umkehrte. Ich zog mich aus und legte mich mit Krämpfen und Schüttelfrost ins Bett. Selbst unter der Decke zitterte ich am ganzen Leib, stand wieder auf und schleppte mich ins Bad, wo der Durchfall wie ein Sturzbach aus mir herausflutschte. Kaum war ich wieder im Bett, bekam ich erneut Krämpfe, fuhr hoch und blieb dann im Bad, in dem alle paar Minuten ein dunkelbrauner, übel riechender Saft aus mir herausspritzte.

Danach nahm ich einen Fiebermesser zur Hand, steckte ihn unter die Achsel und erschrak: 40 Grad. Ich zog zwei Pullover über den Schlafanzug und legte eine zweite Decke über das Bettzeug – vergebens. Ich sagte mir, dass ich ruhig sein musste, dass ich mit ruhigem Atmen das Zittern stoppen konnte, aber kaum hatte ich das gedacht, schüttelte es mich umso heftiger. Ich musste einsehen, dass ich keine Kontrolle mehr über mich hatte. Mein Körper hatte mich im Griff.

40 Grad. So hohes Fieber hatte ich noch nie gehabt. Einmal, mit sieben oder acht, hatte ich bei einer Lungenentzündung 39 Grad gehabt. Doch 40 war etwas anderes. Ich zitterte wie ein Greis. Mit heißem Fencheltee versuchte ich mich zu beruhigen, streifte einen weiteren Pullover über, aber die Schüttelkrämpfe und das Bauchgrimmen ließen nicht nach.

War die Hummersuppe nicht frisch gewesen? Hatte der Koch die Pilze verwechselt? Oder war die Eistorte schuld, die köstliche Vanille-Venus?

Tags darauf fühlte ich mich nicht besser; das Fieber war noch immer hoch, der Durchfall und die Bauchkrämpfe hielten an. Ich konnte nichts bei mir behalten – selbst Kamillentee stieß der Darm sofort wieder aus; alles, was ich schluckte, wurde sogleich krampfartig herausgeschleudert.

Als ich am Mittag ins Bagno trat, sah ich, dass der kleine Gecko noch immer reglos in der Ecke saß. Es kam vor, dass er stundenlang am selben Fleck ausharrte und irgendwohin starrte, aber dass er anderthalb Tage lang am selben Ort blieb, schien mir seltsam. Ich stieß ihn mit dem Finger an. Er rührte sich nicht, klebte wie angeleimt am Boden. Jetzt sah ich die helle Schleimspur, die er auf den blauen Fliesen hinterlassen hatte. Der Gecko war tot.

Ich wusch die Hände und warf mich wieder ins Bett. Seit ich in dieser Dachkammer wohnte, hatte der Gecko in meinem

Badezimmer gelebt. Wir waren immer ohne Probleme aneinander vorbeigekommen. Unter der Decke und im Fieber verfolgte mich sein Bild. Er hatte gekämpft, er hatte sich über die Fliesen gezogen und war dann in der Ecke auf einer blauen Kachel festgeklebt und verendet. Jedes Mal, wenn ich unter Krämpfen ins Bad musste, schienen die starren Augen des Geckos auf mich gerichtet. Als ihn Paolina bei ihrem Besuch entdeckte, schrie sie auf und warf ihn entsetzt aus dem Fenster. Dann kam sie mit blassem Gesicht zu mir und legte mir die Hand auf den gurgelnden Bauch.

Die folgende Nacht schlief ich durch, um mich am Morgen noch schlechter zu fühlen als die Tage zuvor – ich war benommen, weggetreten, betäubt. Allein das Fieber zu messen war fast schon eine übermenschliche Anstrengung. Mir war schwindlig, und ich kippte immer wieder weg. Als ich aufwachte, lag das Thermometer neben mir: 40,5 Grad. Mir war so heiß, dass ich nicht einmal mehr zitterte. Ich dämmerte wieder weg.

Als Paolina am Mittag zu mir kam und mich sah, rief sie umgehend die Sanität an. Die Schubkarre, dachte ich, während sie anrief, immer hatte ich diese Schubkarre vermeiden wollen, in der man zum Rettungsboot gestoßen wird, wie oft hatte ich solche Szenen erlebt, wenn Touristen vor einer Kirche zusammensackten, ein Herzinfarkt, ein Schlaganfall, eine Schwäche, und immer waren die Sanitäter mit ihrer Schubkarre zur Stelle, um die Opfer durch die engen Gassen so rasch wie möglich zum Rettungsboot zu stoßen, begleitet von erschrockenen, staunenden, spöttischen Gesichtern. Diese Karre war mittelalterlich, lächerlich, grotesk, sie gierte und ächzte, ein Relikt aus fernen Zeiten, und doch noch immer unersetzlich.

Paolina warf schnell das Nötigste in eine Tasche, Pyjama, Unterwäsche, dazu Zahnbürste, Kamm, Seife, eine Rolle Klopapier für den Notfall, da läutete es auch schon, fünf, sechs Sanitäter in knallorangen Leuchtwesten und hohen schwarzen Stiefeln standen vor der Tür und warteten, bis ich einen Mantel und eine Mütze übergezogen hatte, um mich mit kräftigen Armen das Treppenhaus hinunterzutragen und in die Schubkarre zu hieven. Eine Nachbarin rief mir etwas zu, aber ich war zu benommen, um zu antworten, meine Füße baumelten über den Rand der Karre, zu beiden Seiten des Vehikels stark behaarte Hände. Eilig wurde ich über das holprige Pflaster des Campo Sant'Agnese geschoben, wo die Nachbarskinder für einmal nicht Fußball spielten. Einen Moment lang fand ich es aufregend, nie hatte ich Venedig aus dieser Perspektive gesehen, von unten, aus dieser Karre, ich war der König in der Karre, den Himmel vor Augen, das Licht, die schnell fahrenden Wolken, aber ich schämte mich, es schmerzte mich, es war mir peinlich, und ich hoffte, dass niemand mich sah.

Paolina ging neben mir her, sie war besorgt, mit ernster Miene fragte sie mich, wie es mir ging, ich versuchte zu lächeln, aber es gelang mir nicht. Ich schloss die Augen, öffnete sie wieder, sah nur Dachgiebel, den Himmel, die schnell fahrenden Wolken, alles schien unwirklich, verschwamm, war das alles nicht bloß ein böser Traum, aus dem man jederzeit aufwachen konnte, ein Fingerschnippen, und alles war wieder gut? Aber nichts war gut, nichts, es krampfte und zuckte in mir, ich lag mit einer Kolik in der Karre.

Der Weg zum Boot war endlos lang, an einer verrosteten Badewanne vorbei, unter einer Wäscheleine mit flatternden Socken und großen Büstenhaltern hindurch. Eine schwarze Katze rannte vor die Schubkarre. Die Sanitäter fluchten und bekreuzigten sich. Ich schaute weg. Die Gasse zum Rio di San

Vio war zum Glück menschenleer. Wir erreichten den Steg, starke Arme hievten mich in das Boot, setzten mich auf den Schragen in die halb offene Kabine, und schon ging es mit Blaulicht und Martinshorn hinaus auf den Canale della Giudecca, Richtung *Ospedale*, während mir die Notärztin Fragen nach der Art des Durchfalls stellte, nach der Höhe des Fiebers und den Medikamenten, die ich genommen hatte. Aber ich war so benebelt, dass Paolina die Fragen für mich beantwortete, ich nickte nur oder schüttelte den Kopf.

Wir fuhren an der Gesuati-Kirche vorbei, die unverdrossen läutete, und dann an meiner Gelateria, mein Gott, ich stellte mir Antonio vor, wie er gerade ein Eis über die Theke reichte, es gab mir einen Stich ins Herz, wie ein Halbtoter an meiner Gelateria vorbeifahren zu müssen, Tränen schossen mir in die Augen wie bei einem schlimmen Abschied. Ich fragte mich, ob alles gut ging ohne mich, ob es klappte mit den Lieferanten, den Rezepturen, den Gelati, ich malte mir ein Chaos aus, Beschwerden, den Konkurs, aber ein Krampf löschte diese Bilder auf der Stelle aus.

Als die Schmerzen nachließen, schaute ich hoch: ein strahlender Tag, die Wolken weggeblasen, der Himmel blau, die Luft klar. Der kalte Fahrtwind ließ mich plötzlich frösteln, ich fror, es schüttelte mich, und man hüllte mich in Decken. Wieder bekam ich einen Krampf, dazu Angst, dass ich es nicht bis zum Spital schaffte, dass ich diesen Schragen, diese Decken, diese Hose vollschiss. Da machte unser Boot einen plötzlichen Satz nach links, einen Schwenker, Hüpfer, ich hörte ein Fluchen, Paolina schrie auf, die Notärztin schimpfte, es spritzte und klatschte, ein Zetern und Wettern, »Vaffanculo! Vaffanculo!«, dann war alles wieder ruhig. Ein Wassertaxi hatte uns beinahe gerammt, unser Fahrer hatte ausweichen und das Boot herumreißen müssen.

Als wir bei der Stazione Marittima anlangten, bogen wir in den Canale Scomenzera ein, vorbei an Santa Marta, an ausrangierten Booten, deren Farbe abblätterte und die übereinandergestapelt auf dem Hafendamm lagen, dann in den schmalen Canale di Santa Chiara, wo der Fahrer verlangsamte. Bei den Anlegestellen warteten jede Menge Leute auf das Vaporetto, vom großen Parkhaus der Piazzale Roma her strömten Touristen, die mit dem Wagen vom Festland gekommen waren, und aus einer Gasse stürmte eine Meute johlender Kinder. Das alltägliche Leben nahm seinen gewohnten Lauf, und trotz oder gerade wegen meiner Schmerzen nahm ich alles mit gesteigerter Empfindung wahr.

Durch den Canal Grande erreichten wir den Rio di Cannaregio, fuhren an San Alvise und den Fondamente Nuove vorüber, bis wir schließlich beim Landungssteg des Ospedale anlangten. Ich wurde aus dem Boot gehievt und kam in einen Rollstuhl, der dort abgestellt war, keine Schubkarre. Hastig wurde ich über das freie Gelände geschoben, der Wind pfiff mir um die Ohren, es zog heftiger als am Zattere-Quai, und als wir zum Eingang des *Pronto Soccorso* kamen, zur Notfallstation, krampfte es mir wieder den Bauch zusammen, dass ich mich gleich zur nächsten Toilette schleppte und es gerade noch auf die Schüssel schaffte. Als der Krampf nachließ und ich nach dem Papier greifen wollte, sah ich mit Bestürzung den leeren Halter.

13

Ich kam in ein leeres Fünferzimmer, nicht in der Abteilung *Malattie Infettive,* den Infektionskrankheiten, wo ich hingehört hätte, sondern in der Dermatologie. Es war das einzige freie Zimmer. Am Ende des Ganges wurde mir ein eigenes WC zugewiesen, das mit »Defekt« angeschrieben war, aber doch halbwegs funktionierte. Die Toilette hatte ein Fenster mit Sicht auf San Michele. Jedes Mal, wenn ich auf der Brille saß, sah ich die Toteninsel. Die Ärzte vermuteten, dass ich Salmonellen oder Typhus hatte.

Ich war erschöpft und schlief gleich ein. Als ich wieder aufwachte, hatte ich unerhörten Durst. In der Wüste hätte man nicht durstiger sein können. Mein Mund fühlte sich an wie ein vertrockneter Marmorkuchen, meine Zunge wie ein Ziegelstein. Ich rief nach dem Pfleger und bat um eine Tasse Tee, aber dieser klärte mich auf, dass es für das ganze Spital nur einmal am Morgen und einmal am Nachmittag Tee gebe und dass man wegen einer Person keine Ausnahme machen könne. Mein Versuch, ihn für eine Tasse zu bezahlen, wies er empört zurück. Dafür suchte er eine geeignete Armvene und steckte mir eine Kanüle in den Unterarm. Aus einer Flasche tropfte nun über einen Schlauch eine durchsichtige Glucose-Lösung in mich hinein. Offenbar machte es keinen Sinn mehr, mir irgendetwas über Magen und Darm zuzuführen, es wurde sowieso gleich wieder hinausgeschleudert. Der Pfleger ermahnte mich, den Arm immer gestreckt zu halten, damit das Blut nicht in die Kanüle flösse, und nichts an der Dosierklemme zu verändern, weil sonst die Vene platzen könnte. Dann wurde er in ein anderes Zimmer gerufen, und ich döste ein.

Wenig später weckte mich eine Schwester. In der Abteilung »Infektionskrankheiten« war ein Bett frei geworden. Sie räumte meine Sachen zusammen, und ich humpelte im Pyjama mit dem Infusionsständer hinter ihr her zum Lift. Ich dachte, dass sich die Abteilung im selben Gebäude befand, aber ich täuschte mich. Unten nahm sie mir die blauen Plastiküberzieher von den Schlappen, und dann ging es nach draußen. Der Wind war heftig, ein Sturm im Anzug, Böen trugen große, schwere Regentropfen heran, und ich schlotterte am ganzen Körper. Gehetzt gingen wir um Ecken, überquerten einen Innenhof, vorbei an einem Brunnen, ich schob meinen Infusionsständer, versuchte den Arm gestreckt zu halten und verlor jede Orientierung. Aber es war mir egal, ich sehnte mich nur nach Wärme und einem Bett. Schließlich gelangten wir zu einer Pforte mit einer Milchglastür, die Schwester streifte mir blaue Plastiküberzieher über, und schon ging es rechts ins erste Zimmer hinein, ein Zweierzimmer, in dem ein alter Mann mit wildem Haar aufrecht in seinem Bett saß und mit großen, hinter dicken Brillengläsern verschwimmenden Augen schweigend zusah, was für einen neuen Zimmergenossen er erhielt.

Ich war froh, mich hinlegen und ausruhen zu können. Kaum lag ich auf dem Bett, bekam ich Bauchkrämpfe, und ich musste mit dem Infusionsständer und ausgestrecktem Arm auf die Toilette rennen, um nach dem krachenden Durchfall mich und die von oben bis unten verspritzte Schüssel mit einer Hand zu säubern, während ich bei der anderen aufpassen musste, dass ich sie nicht hängen ließ. Alles einhändig zu machen war nicht einfach, und da ich keine Erfahrungen hatte, verhedderte ich mich mit dem Infusionsständer, mein Blut lief durch die Kanüle in den Glucose-Schlauch, ich geriet in Panik und musste mit heruntergelassener Hose einen Pfleger rufen, der die Sache wieder in Ordnung brachte. Mein Einstand in der neuen Abteilung war nicht besonders geglückt, aber da ich alle zwanzig Minuten auf die Toilette musste, hatte ich Gelegenheit zu üben, wie man trotz Infusionsständer solche Reiswasserdurchfälle einigermaßen menschlich bewältigte.

Als ich wieder im Bett lag, wandte sich mein Zimmergenosse an mich und stellte sich vor.

»Ich heiße Tonio.«

»Alvise.«

Tonio war schon seit Monaten im Spital, hatte Probleme mit der Galle und der Bauchspeicheldrüse – die Ärzte standen vor einem Rätsel. Aber es schien ihm ganz gut zu gefallen im Spital, man habe ja alles, Essen, Fernsehen, Zeitungen, es sei wie im Hotel. Nach seinem Loblied auf das Ospedale kam er zu mir ans Bett und schaute mich durch seine dicken Gläser prüfend an.

»Wir werden uns gut verstehen, Alvise, es ist wichtig, dass zwei Zimmergenossen immer zusammenhalten, nicht wahr?«

»Klar«, sagte ich. Ich hatte wieder Krämpfe im Bauch, das Fieber war trotz der Infusionen bei fast vierzig, und ich sehnte mich nach nichts mehr als nach Ruhe. Tonio stand auf, ging zum Schrank und kramte ächzend darin herum. Dann schien er das Gesuchte gefunden zu haben und humpelte zu meinem Bett.

»Ich hab was für dich.«

»Du hast was für mich?«

»Etwas sehr Wertvolles.«

Ich schaute ihn mit großen Augen an.

»Betrachte es als Geschenk, als Willkommensgeschenk.«

Seine Züge verschwammen mir vor den Augen. Das Einzige, was ich mir wünschte, war Gesundheit, das konnte mir Tonio nicht schenken. Aber so, wie er sein Geschenk ankündigte, war ich trotzdem gespannt, um was es sich handelte.

»Bewahre es gut auf. Wenn du rauskommst aus dem Spital, wirst du daran denken, was dir dein Freund Tonio ans Herz gelegt hat.«

Ich nickte.

Tonio zupfte ein kleines Stück Papier aus einem Täschchen und reichte es mir.

»Hier!«, sagte er mit Inbrunst.

»Danke!«, sagte ich, noch bevor ich einen Blick darauf geworfen hatte. Als ich das Ding sah, war mein Erstaunen noch größer.

»Weißt du, wer es ist?«

»Padre Pio«, sagte ich. Ich hielt ein Heiligenbildchen von Padre Pio in den Händen, eines von der Art, wie man sie in der Grundschule im Religionsunterricht bekommt.

»Kennst du ihn?«

»Ja, klar.«

»Bete zu ihm, Alvise, und du wirst schon bald wieder draußen sein. Der Heilige Pio hat Macht, große Macht, er wird dich von deinen Schmerzen erlösen.«

Ich bedankte mich nochmals und hoffte, dass Tonio von mir abließ. Stattdessen setzte er sich auf den Rand des Bettes und begann, mit Begeisterung von dem Kapuzinermönch aus Giovanni San Rotondo zu erzählen – seine Augen lachten vor Glück, als er von dem Jesus-Wiedergänger mit den Wundmalen an Händen und Füßen sprach, der sein Leben lang nur gebetet und gebeichtet und Wunder getan habe.

»Kennst du seine Geschichte?«

»Nein«, sagte ich, und im Moment, in dem ich dies sagte, wusste ich, dass ich das auf keinen Fall hätte sagen dürfen.

Er erzählte vom Kastanienwunder, das der Tante Daria das Leben gerettet habe, von den fingerlosen Baumwollhandschuhen, die die Kreuzigungsmale verdeckten, und von den Ministranten, die seine Hände geküsst und danach Blutreste am Mund gehabt hätten, ganze Blutkrusten, mit denen in der Tasche sie schwierige Aufgaben bestanden hätten – und das Blut Pios habe wie ein Talisman geholfen.

»Du kennst die Geschichte der Pio-Statue, die Tränen aus Blut weint?«

»Ja, ja«, log ich.

»Und dass die Stigmata am Schluss, als er starb, verschwunden sind?«

»Davon habe ich gehört«, sagte ich. »Aber ich würde jetzt gerne schlafen. Ich bin absolut erschöpft.«

»Keine Narben, keine Rötung, absolut nichts war zu sehen, als der Dottore Scarale gerufen wurde. Ist das nicht ein weiteres Zeichen? Dass die Stigmata ein Zeichen für das irdische Leben waren und deshalb verschwinden mussten?«

Ich nickte und wurde zunehmend ärgerlich. Merkte dieser Mensch denn gar nichts?

»Und doch existieren Fotos, die eindeutig beweisen, dass Licht durch die Löcher in den Händen Pios schien. Fotos von Elia Stelluto, dem Leib- und Seelenfotografen Pios.«

Ich schaute ihn grimmig an.

»Außerdem hat Padre Pio immer nach Veilchen gerochen, hat Blumenduft verströmt. Deshalb siehst du auf dem Bild auch diese Veilchen.«

Mir dröhnte der Kopf, im Bauch krampfte sich wieder etwas zusammen, aber der Mann hörte nicht auf, über die Wundmale dieses apulischen Jesus-Wiedergängers zu schwadronieren.

»Pass gut auf das Bild auf, es wird dir helfen«, hob er wieder an. »Du bist doch ein gläubiger Mensch, ich sehe es dir an.«

Noch bevor ich antworten konnte, klopfte es an die Tür – eine ältere Frau, eine jüngere und ein junger Mann betraten das Zimmer. Es waren Tonios Frau und seine Kinder. Durch ihr Kommen wurde ich von seinem Redeschwall erlöst. Dafür palaverten nun vier heillos durcheinander, jeder redete ohne Rücksicht auf den anderen ein, laut, heftig, gestenreich, und mit der Ruhe war es endgültig vorbei.

Ich zog mich aus dem Bett und floh auf die Toilette. Wenigstens dort hatte ich Ruhe. Aber ich konnte nicht ewig auf der Schüssel sitzen bleiben. Wieder zurück im Zimmer, hatte Tonio den Fernseher eingeschaltet, und die vier schauten nun einträchtig lachend eine Show mit Dutzenden von schönen Frauen. Mit dem Krach hätte man einen Tauben vertreiben können. Ich glitt unter die Decke, versuchte, mit dem Kissen die Ohren zu schützen, und schloss die Augen, doch die Show dröhnte so gellend, dass man sich selbst unter der Decke noch aufregte. Ich wollte schon auffahren und »Silenzio!« brüllen, als ein Pfleger eintrat, der Tonio anwies, leiser zu stellen. Verständnislos schaute dieser ihn an und drehte widerwillig zurück. Kaum war es einen Moment lang ruhig, ging das Schnattern wieder los.

Dann kam Paolina. Ich atmete auf. Doch kaum war sie da, stürzte sich Tonios Frau auf sie, um sie nach Padre Pio zu fragen und von der wundersamen Heilung des Matteo Colella zu erzählen, der an der seltenen Blutkrankheit Zytomegalie erkrankt sei, einer Virusinfektion, die zur Lähmung aller Organe im Körper führe, auch zu Hirnhautentzündung.

Paolina hob die Brauen und schaute mich an. Die Frau setzte an, weit auszuholen, als Paolina ihr ins Wort fiel: »Entschuldigen Sie, ich habe nur wenig Zeit, um mit Alvise zusammen zu sein. Ich möchte noch das eine oder andere mit ihm besprechen.«

Endlich hatten wir einige Momente für uns.

»Und, wie geht's?«

»Na ja.«

»Schmerzen?«

Ich nickte.

»Hat es auch andere erwischt?«, fragte ich, während Paolina mit ihren Fingern meinen blubbernden Bauch streichelte.

»Edoardo liegt in Mestre mit ähnlichen Symptomen im Spital. Es geht ihm besser als dir, aber er ist ja auch ein Brocken. Und Claudia ist es seit dem Geburtstagsessen übel, aber nicht so schlimm.«

»Dann lag es doch an diesem verdammten Essen? An der Eistorte?«

»Keine Ahnung. Den meisten geht's gut. Nur die, die von den Brüsten der Venus gegessen haben, hat es erwischt.«

»Von den Brüsten?«

»Ja. Nur in den Brüsten war Mandarineneis.«

Ich schüttelte den Kopf. Das alles schien mir vollkommen absurd. Im Grunde war es egal, was die Ursache des Infekts war, aber wenn ich an meinen Beruf dachte, dann war es nicht egal. Ich hörte schon, wie mein Vater sich ereiferte, er habe es ja schon immer gesagt, dass das nichts Rechtes sei mit diesem Eis. Dabei war er nach der »Coppa d'Oro« zum ersten Mal an die Zattere gekommen und hatte sich ein Gianduiotto schmecken lassen.

»Und Michele?«

»Der ist putzmunter, der hat auch nicht von den Brüsten gegessen.«

»Dieses Scheißhotel werde ich verklagen«, fluchte ich.

Schließlich lief die Besuchszeit ab. Paolina drückte mich noch einmal fest an sich.

»Bring mir doch bitte noch mehr Unterwäsche und meinen Trainingsanzug mit«, bat ich sie und gab ihr den Schlüssel zu meiner Wohnung.

»Mach ich«, sagte sie und küsste mich, mir gute Besserung wünschend, auf die Stirn.

14

»Haltung, Alvise, du musst Haltung zeigen, sonst kommst du hier nie raus!«

Es war kurz vor zehn, und Tonio ärgerte sich über mein schmerzverzerrtes Gesicht. Ich erwiderte nichts. Ich war nicht hierhergekommen, um zu lächeln und eine Show abzuziehen.

Nein!, dachte ich nur, als Tonio zu mir ans Bett kam, um mir einen Vortrag zu halten. Allein schon sein Anblick machte mich wild. Er löste fast eine allergische Reaktion aus. Seine Allwissenheit, sein dauerndes Gebrabbel brachten mich an den Rand des Wahnsinns.

»Haltung ist alles, Alvise. Mit so einem Gesicht, wie du es machst, wirst du nicht gesund. Verstehst du, was ich meine?«

Einen Augenblick lang fragte ich mich, ob ich wirklich einen so erbärmlichen Eindruck hinterließ. Aber falls ja, dann nicht, weil ich Mitleid wollte, sondern weil es mir erbärmlich ging.

»Denke positiv, Alvise, du darfst dich nicht so gehen lassen. Auf keinen Fall darfst du dich so gehen lassen. Das ist nicht gut.«

Ich blickte zum Infusionsständer. Und dann zu Tonio.

»Also, schlaf gut, Alvise. Und denk darüber nach, was ich dir gesagt habe.«

»Gute Nacht, Tonio.«

Er nahm seine Prothese aus dem Mund und löschte das Licht. Ich war so erschöpft, als hätte ich Wochen ohne Schlaf zugebracht. So mitgenommen, dass ich im Stehen hätte einnicken können. Aber Tonio war schneller. Kaum hatte er sich ins Bett gelegt, erfüllte sein gleichmäßiges Sägen das Zimmer. »Tonio!«, rief ich zu ihm hinüber, immer wieder »Tonio!«, doch er hörte nichts. Verärgert kroch ich unter die Decke und versuchte zu schlafen. Für die Nacht hatte ich mir alles Mögliche vorgestellt, mir Horror-Szenarien ausgemalt, aber mit solch einem Schnarchen hatte ich nicht gerechnet. An Schlaf war nicht zu denken. Also wälzte ich mich im Bett hin und her und hing meinen Gedanken nach.

Auf dem Gang hörte man die klappernden Schritte der Nachtschwester, einer der Pfleger zockelte in Holzsandalen umher, irgendwo ging eine Tür, aus der Ferne vernahm man das leise Brummen von Maschinen und einen hohen Alarmton. Ich dachte an den Mundschutz, mit dem eine Pflegerin ins Zimmer gekommen war, und an den Tuberkulosekranken, der eine Tür weiter lag. Tuberkulose! Als ob einem der eigene Infekt nicht schon genug Angst und Schrecken einjagte.

Von der anderen Seite des Zimmers drang das zufriedene, selbstvergessene Sägen Tonios herüber. Aber es schien nach und nach an Zufriedenheit zu verlieren und wandelte sich mehr und mehr in ein Stöhnen, erinnerte eher an ein Röcheln denn an Schnarchen. Litt Tonio unter Schmerzen oder plagte ihn ein Alptraum? Das Röcheln ging mir durch Mark und Bein. Ich wartete ein paar Minuten, versuchte mich abzulenken, doch das Stöhnen verebbte nicht: Als es immer lauter und heftiger wurde, fragte ich mich, ob Tonio im Sterben lag und ich die Nachtschwester rufen musste. Es war ein dauerndes Wehklagen und Wimmern, mal lauter, mal leiser, und ich sehnte mich nach meiner Wohnung zurück, nach der Ruhe und Abgeschiedenheit meiner Dachkammer. Zum Glück schaute die Nachtschwester herein, ohne dass ich sie rufen musste. Sie tippte Tonio kurz an, er drehte sich zur Seite, und sein Röcheln verstummte.

Kaum war sie draußen, drehte er sich um, und es ging wieder los mit dem Stöhnen und Wimmern. Ich rätselte, ob ich ihn schon angesteckt hatte, denn genau so, wie er klang, fühlte es sich in mir an – ohne dass ich je so hätte stöhnen können. Ich schwankte zwischen Mitleid und Wut, wusste nicht, welche Regung angebracht war.

So vergingen die Stunden, und wiewohl todmüde, tat ich kein Auge zu. Ich war aufgewühlt, verärgert, erschlagen, aber auch voller Angst, dass der Tod im Raum war und nur darauf wartete, einen von uns hinwegzuraffen. Als mich wieder Krämpfe schüttelten, schleppte ich mich ins Bad, wo das Papier ausgegangen war. Statt mitten in der Nacht die Schwester um ihre Ruhe zu bringen, zog ich es vor, im Schrank neben Tonios Bett die Rolle hervorzuholen, die mir Paolina mitgegeben hatte. Ich öffnete leise die Tür, kramte das Paket hervor, als Tonio wie ein Samurai aus seinem Bett hochschoss und mich mit weit aufgerissenen Augen fragte, was ich da mache.

»Das Klopapier ist alle«, sagte ich. »Ich lege eine neue Rolle ein.«

»Halt! Halt! Halt!«, schrie Tonio. »Tu daf auf gar keinen Fall!«

»Wieso?«

Ich musste dringend aufs Klo, ich hatte keine Zeit für Diskussionen.

»Diefef Papier kommt von drauffen. Ef ift voller Keime, Bakterien, Bafillen. Du darfft ef auf gar keinen Fall gebrauchen!«

Tonio sprang aus dem Bett, pflanzte sich wie ein Soldat vor mir auf und versperrte mir den Weg ins Bad.

»Quatsch!«, sagte ich. »Dieses Papier hat mir meine Freundin mitgegeben. Es ist so gut wie das Spitalpapier. Es ist sogar noch besser, es ist weicher und nicht so hart wie das Papier hier.«

»Aber ef ift voller Keime!«, rief Tonio. »Leg ef fofort wieder in den Frank furück!«

»Es hat nicht mehr Keime als das andere Papier auch. Es ist ganz normal eingepacktes, dreilagiges Toilettenpapier.«

»Nein, nein, nein! Da find jede Menge Keime drin! Ich habe gefehen, wie deine Freundin ef aufgepackt und auf den Boden gelegt hat. Daf darf man nicht, daf ift äufferft gefährlich!«

Ich wurde wütend. Es war nachts um drei, ich hatte eine Kolik, und wenn ich nicht sofort ins Bad konnte, würde ich platzen.

»Leck mich am Arsch!«, rief ich. »Wenn du das andere Papier nehmen willst, dann nimm es. Ich benutze dieses!«

Tonio fuchtelte mit den Fäusten, griff nach meiner Rolle und wollte sie mir entreißen. Aber ich wand mich los, schob ihn beiseite und rannte, während er »No! No! No!« schrie, aufs Klo. Dort knallte ich die Tür zu und schloss ab. Keine Sekunde länger hätte ich es ausgehalten.

Nachdem ich mich gesäubert hatte, musste ich mich sammeln. Was, wenn Tonio mit seinen Fäusten auf mich losging, wenn ich wieder ins Zimmer trat? Wenn er die Nachtschwester rief und sich über die Keime des eingeschmuggelten Papiers beschwerte? *Wir werden uns gut verstehen, es ist wichtig, dass zwei Zimmergenossen immer zusammenhalten.*

Mit grimmiger Miene machte ich die Tür auf. Tonio passte mich nicht ab, sondern hatte sich wieder ins Bett gelegt. Ich schleppte mich in meines und löschte das Licht. Mit dem Stöhnen und Röcheln war es vorbei, dafür erfüllte nun ein Schweigen den Raum, das kaum auszuhalten war. Ich ahnte, dass Tonio hellwach auf der anderen Seite lag und mir am liebsten an die Gurgel gesprungen wäre. Zum ersten Mal war es wirklich ruhig in unserem Zimmer. Aber unter der Oberfläche brodelte es, und ich rechnete jeden Moment damit, dass Tonio wutentbrannt aus seinem Bett schnellte und zu mir herüberkam, um mir die Leviten zu lesen. Doch er rührte sich nicht. Es blieb still, bis auf das Klappern der Holzsandalen des Pflegers, das vom Gang hereindrang. Aus dem Zimmer des Ärzteteams kam ein leises Fluchen, unverständliche Satzfetzen flogen durch die Luft, Stimmen, die in Wellen von Streit und Gelächter auf- und abwogten und für kurze Zeit die Stille durchbrachen. Dann war es wieder mucksmäuschenstill. Die Stille drückte schwer auf das Zimmer und den Bauch. Schließlich hielt ich es nicht mehr länger aus und fragte: »Alles in Ordnung?«

Aber Tonio antwortete nicht. Er, der sonst nie genug schwatzen konnte, schmollte. Na gut, dachte ich, dann habe ich wenigstens meine Ruhe. Ich legte mich auf die Seite und versuchte zu schlafen, aber war es zuvor die Unruhe gewesen, die mich nicht einschlafen ließ, war es jetzt die Stille. Es war so still, dass ich das Pfeifen in meinen Ohren hörte und mich nun selbst um den Schlaf brachte. Nach einer Weile kam wieder das Schnarchen von der anderen Seite, und ich hatte mich schon mit einer schlaflosen Nacht abgefunden, als ich gegen Morgen doch noch einnickte. Ich träumte von einer Familie mit einem Riesenpudel, ich kannte sie nicht, die drei Kinder, die Eltern und den Hund, aber sie schauten alle sehr glücklich aus, noch im Traum fragte ich mich, warum ich von ihnen träumte, als mich ein Brüllen jäh aus dem Schlaf riss. Erschrocken schaute ich auf den Wecker. Es war sechs. Tonio war schon hellwach und schrie im Ton von Colonello Morosini die Lotto-Zahlen in den Hörer, die seine Frau anzukreuzen hatte: »Drei! Fechf! Elf! Achtfehn! Achtundfwanfig! Fechfunddreiffig! Nein, nicht fiebenunddreiffig, Herrgott, fechfunddreiffig! Nein, nein, nicht fiebenunddreiffig, daf bringt Unglück! Du weifft, daff ef Unglück bringt! Fechfunddreiffig, verdammt noch mal!«

15

Dann begann es mit den Halluzinationen und der Klarsicht. Ich war plötzlich unheimlich ruhig und hellsichtig zugleich. Kaum schloss ich die Augen, hatte ich Bilder auf der Netzhaut, prächtige, leuchtende Farben, die ineinander verschwammen und immer neue Wirbel und Formen bildeten. Starrte ich auf die Maserung der Wand, sah ich darin deutlich das bärtige Gesicht van Goghs. Verlor sich mein Blick auf dem Boden des Badezimmers, entdeckte ich in den Flecken des Kunststoffs eine Familie mit einem Hund. Ein Friede durchströmte mich, dass ich plötzlich mit allem einverstanden war, für alles Verständnis hatte, selbst für meinen Zustand. Auch gegen den Tod hätte ich jetzt nicht rebelliert. Ich weiß nicht, lag es daran, dass ich seit Tagen nichts mehr gegessen und getrunken hatte, lag es an der Schlaflosigkeit oder den Lösungen, die mir injiziert wurden? Auf jeden Fall fühlte ich mich high, trotz aller Schmerzen auf seltsame Weise glücklich.

Als der zweite Chefarzt eintrat, fragte ich ihn nach den Resultaten der Stuhlprobe.

»Die sind leider noch nicht eingetroffen«, sagte er. »Morgen wissen wir mehr.«

Einen Augenblick lang dachte ich, dass man meine Probe verlegt, den Stuhl verschlampt hatte, aber ich schwebte auf eine Weise über allem, dass es mir nichts ausmachte, und verscheuchte den Gedanken gleich wieder.

Der Pfleger mit den Holzsandalen machte sich an meinem Arm zu schaffen und scherzte, er stecke sich jetzt an, dann spare er jede Menge Essen. Aber dieser Zynismus konnte mir nichts anhaben. Selbst als meine Eltern kamen und sich mein Vater als Erstes über die Fussel auf meinem Pyjama ärgerte, die von dem um den Hals geschlungenen Schal stammten, und dann nicht aufhören wollte, von den Vorteilen der neuen Bootsanlegestelle zu schwärmen, regte ich mich nicht auf. Ich blieb auch gelassen, als meine Mutter nicht verstehen wollte, dass ich den von ihr in einer Thermosflasche mitgebrachten Fencheltee nicht trinken konnte.

Erst als meine Eltern gegangen waren und Tonio den Fernseher in voller Lautstärke aufdrehte, fiel ich aus meinem inneren Gebettetsein. Der Krach riss mich aus meiner Sanftmut und ging mir gehörig auf die Nerven. Am Morgen hatte ich Ruhe gehabt, weil man Tonio zu Untersuchungen in einen anderen Trakt geführt hatte, jetzt aber war er wieder da und machte sich breit mit seiner Unempfindlichkeit. Den nächtlichen Zweikampf erwähnte er mit keinem Wort, ja, er schien gar meine verseuchte Rolle zu benutzen.

Endlich tauchte Paolina auf. Sie sah kreideweiß aus, übernächtigt, aufgerieben, und ich fragte mich, ob der Arzt ihr Informationen gegeben hatte, die er mir vorenthielt. Sie küsste mich nicht auf die Stirn, sondern tätschelte mir nur flüchtig die Hand und den Bauch, der immer noch unablässig gurgelte, was mir peinlich war, aber ich konnte es nicht unterbinden.

»Sorry«, sagte ich, »dieses Gegurgel, es fühlt sich an wie einbetonierte Fürze – sie kommen nicht wirklich raus.«

»Schon gut«, sagte Paolina und blickte auf die durchsichtige Flasche, die am Infusionsständer hing. Dann reichte sie mir eine Tasche mit Unterwäsche, Frischetüchlein, Feuchtigkeitscreme, Shampoo und einem Badeschwamm.

»Du bist ein Schatz«, sagte ich, »wenn ich dich nicht hätte!«

Kaum hatte ich das gesagt, brach sie in Tränen aus. Sie kullerten ihr nur so über die Wangen, ich drückte ihre Hand und versuchte, sie zu beruhigen, schlang meinen rechten Arm, so gut es ging, um ihren Kopf. Sie hatte einen Weinkrampf, schluchzte und zitterte und schien völlig aufgelöst, während ich nicht wusste, was los war. Hatte der Arzt ihr etwas Schlimmes eröffnet? Ich streichelte ihr Haar, fuhr ihr mit der Hand über den Nacken, aber die Tränen liefen ihr immer neu über die Wangen, mir über den Hals und die Brust. Nach und nach aber beruhigte sie sich und atmete wieder entspannter. Ich reichte ihr ein Taschentuch, und sie wischte sich die Tränen aus ihrem salzigen Gesicht. Dann streckte ich meine Hand nach ihrer aus und drückte sie fest.

»Was ist denn los?«

Sie schaute mich an und schwieg. Einen Augenblick lang sah es so aus, als ob alles wieder von vorne begänne, als ob ihr wieder Tränen in die Augen träten, aber schließlich holte sie tief Luft und fasste sich. So aufgewühlt hatte ich Paolina noch nie gesehen.

Tonio hatte den Fernseher leiser gestellt, um zu verfolgen, was auf unserer Seite passierte, er wollte mithören, was da vor sich ging. Ich hoffte, dass er sich nicht einmischte, und vermied jeden Blickkontakt. Eine Litanei über Padre Pio oder Ratschläge über den Umgang mit Frauen hätten mir jetzt den Rest gegeben.

»Sag schon, was los ist.«

Paolina schaute mich mit ihren verweinten Augen an.

»Dein Tagebuch«, sagte sie schluchzend und schüttelte immer wieder den Kopf.

»Mein Tagebuch?«

Ich war überrumpelt. Ich hatte mit einer üblen Nachricht zu meinem Zustand gerechnet.

»Was ist mit meinem Tagebuch?«, fragte ich verdutzt.

»Es lag offen auf dem Tisch, ich konnte gar nicht anders, als einen Blick reinzuwerfen.«

Ich hatte keine Ahnung, was ich zuletzt notiert hatte, mich beschäftigten gerade andere Probleme.

»Ich begreife gar nichts«, sagte ich.

»Jetzt tu nicht so!«, schimpfte Paolina.

»Ich weiß ehrlich nicht, wovon du redest.«

»Ich rede von den Stukkateurinnen.«

»Von den Stukkateurinnen?«

»Ja.«

»Was ist denn mit den Stukkateurinnen?«

»Ja, das frage ich mich auch, was mit den Stukkateurinnen ist. Warum du sie seitenlang beschreibst in deinem Tagebuch, sie in immer neuen Sätzen umschwärmst und umschwänzelst, als wärst du siebzehn.«

Ich war platt. Es stimmte, ich hatte einige Notizen gemacht zu den hübschen Stukkateurinnen, die in der Nähe einen Palazzo restaurierten und in den Pausen auf ein Gianduiotto in die Gelateria kamen, aber ich machte mir öfters Notizen zu Kunden, wie jener Typ in *Smoke*, der immer den Platz vor seinem Laden fotografierte. Was sollte daran anstößig sein?

»Ich verstehe nicht, wovon du redest.«

»Willst du mich für blöd verkaufen?«

»Überhaupt nicht. Vielleicht bin ich etwas benommen wegen der Medikamente oder weil ich seit Tagen nichts gegessen habe, aber denken kann ich schon noch.«

»Das stinkt doch hundert Meter gegen den Wind. Da lief doch was mit diesen Stukkateurinnen! Gib's endlich zu und spiel nicht den Unschuldigen!«

»Aber nein!«, krächzte ich, »da lief überhaupt nichts. Was denkst du denn von mir?«

Paolina war rot angelaufen und richtig wütend geworden. Sie schaute mich böse an.

»Und überhaupt«, rief ich nun meinerseits zornig, »was schnüffelst du eigentlich in meinem Tagebuch?«

»Das habe ich gedacht, dass das kommt.«

»Ich hänge hier am Tropf, und du ziehst dir in meiner Dachkammer mein Tagebuch rein. Ich glaub's nicht, ich glaub's einfach nicht.«

»Manchmal bist du so pathetisch, so grausam pathetisch, furchtbar. Hör zu: Es lag offen da, ich musste deine Sachen zusammenräumen, und dann rief eine Frau an, die was von dir wollte. Ich sollte etwas notieren, hatte kein Papier zur Hand, riss ein kleines Stückchen Papier aus deinem Tagebuch, und als ich die Rückseite des Zettelchens gelesen hatte, blieb mir schlicht die Spucke weg, und ich musste den Rest deiner Hymne auf die Stukkateurinnen auch noch lesen – das ist alles.«

»Aber ich hatte nichts mit diesen Stukkateurinnen, verdammt noch mal! Natürlich sehen die gut aus, aber sie kommen doch nie an dich heran! Jetzt komm runter von deinen verdammten Hirngespinsten! Deiner krankhaften Eifersucht! Paolina!«

Ich versuchte, sie zu schütteln, aber sie machte sich los.

»Paolina, willst du mich fertigmachen? Ich kämpfe hier mit Koliken, und du machst mir eine Szene! Das ist doch absurd.«

»Es ist nicht absurd, wenn du mich betrügst!«

»Paolina!«

»Gib's endlich zu!«

»Paolina!«

Es war zwecklos. Sie hatte sich so sehr in den Gedanken verrannt, dass ich sie mit diesen Stukkateurinnen betrogen hatte, dass sie nicht mit sich reden ließ. Sie schäumte, kochte vor Wut, und ich schüttelte nur den Kopf. Als ich kurz auf die andere Seite blickte, sah ich, wie Tonio das Schauspiel gebannt verfolgte.

»Hör auf mit diesem Quatsch, das ist nicht zum Aushalten«, sagte ich.

Aber sie schmollte weiter. Schließlich stand sie auf und schaute mich kalt an: »Lass dich doch von diesen Hühnern aufpäppeln!« Sie packte ihre Tasche und knallte hinter sich die Tür zu.

Scheiße!, dachte ich, Scheiße! Scheiße! Scheiße!

»Ja, ja, die Frauen«, brabbelte Tonio, kaum dass Paolina draußen war. »Nimm's nicht zu ernst, Alvise. Bete zu Padre Pio, und sie wird schon bald wieder zurückkommen.«

Vom Gang her hörte man scheppernde Wägelchen und Bahren, klackende Krücken. Ein alter Mann mit Gehapparat schob sich Zentimeter um Zentimeter ins Zimmer. Als er merkte, dass er sich im Gang geirrt hatte, entschuldigte er sich und schob sich in reptilienartigem Zeitlupentempo wieder hinaus. War das meine Zukunft, diese Welt der Krücken und Gehapparate?

Der Pfleger mit den Holzsandalen kam herein, nahm die leere Glucose-Flasche aus der Halterung des Infusionsständers und steckte eine neue Antibiotika-Flasche ein.

»Ich habe das Antibiotikum schon erhalten«, sagte ich.

Der Pfleger schüttelte den Kopf.

»Davon steht nichts im Plan.«

»Ganz sicher. Ich kenne die Flaschen. Die mit den weißblauen Etiketten. Schwester Marta hat mir die doppelte Dosis schon am Morgen verabreicht.«

Der Pfleger schaute mich verwundert an, eilte ins Pflegezimmer, um im Plan nachzusehen, und kam wieder zurück.

»Es ist nichts eingeschrieben, Amico. Du musst dich täuschen. Man hat dir alles andere gegeben, aber nicht das Antibiotikum.«

»Doch, doch, man hat es mir verabreicht: Ciprofloxicin, ich kenne die Flasche ganz genau. Frag doch Marta!«

»Sie ist nicht mehr da.«

»Heilige Scheiße! Dieses ständige Getröpfel aus diesen Schläuchen macht mich wahnsinnig!«

»Willst du mich rühren?«

»Nein, nein, ich will nicht rühren, ich will nur nicht krepieren, weil ich aus Versehen die vierfache Dosis erhalte.«

Der Pfleger schaute mich verständnislos an.

»Die Flasche bleibt drin«, sagte er streng. »Wehe, du nimmst sie aus der Halterung.«

Er wurde in ein anderes Zimmer gerufen. Ich regte mich fürchterlich auf. Ich war mir sicher, dass ich die doppelte Dosis Ciprofloxicin schon bekommen hatte. Die vierfache Dosis versetzte mich in Panik. Schweiß trat mir auf die Stirn, mein Herz raste, und die Schläuche vor meinen Augen verschwammen. Es durfte nicht sein, dass ich wegen eines Pflegefehlers vor die Hunde ging. Ich läutete.

Ein anderer Pfleger kam, und ich schilderte ihm mein Problem. Er konsultierte den Pflegeplan und kam kopfschüttelnd zurück.

»Alles in Ordnung«, sagte er. »Mach dir keine Sorgen. Du bist nur ein bisschen durcheinander, weil du seit Tagen nichts mehr gegessen hast.«

Ich gab auf. Ich war in eine Höllenmaschine geraten, und bei jedem Versuch, mich aus ihr zu befreien, schien ich nur noch umso mehr in sie hineinzugeraten.

»Lass dich nicht unterkriegen, Alvise. Du musst Haltung zeigen, Haltung ist das Wichtigste. Der Rest kommt von alleine.«

Tonio war aufgestanden und an mein Bett getreten. Ich war so fertig, ich hätte auf der Stelle losheulen können. Aber ich zeigte es nicht.

»Genau so. So ist's richtig, Alvise.«

Dann dämmerte ich weg.

Als ich aufwachte, standen Schwester Marta und der Pfleger mit den Holzsandalen am Bett. Sie fluchte und riss aufgebracht die leere Antibiotika-Flasche aus der Halterung.

»Sorry, Bellissimo, ein Missverständnis. Ich hoffe, es ist alles okay mit dir?«

Ich schaute sie belämmert an und nickte. Lieber lügen als Schwester Marta gegen sich aufbringen – dafür war sie zu schön und zu rabiat.

»Wir nehmen gleich dein Blut, Bellissimo. Falls es Probleme gibt, kommst du auf die Intensivstation. Aber mach dir keine Sorgen. Es wird schon gut.«

Die Werte waren katastrophal, aber nicht so katastrophal, dass man mich hätte verlegen müssen. Das Kreatinin war ums Vierfache erhöht.

»Was hat das zu bedeuten?«, fragte ich den Secondario voller Sorge. Ich hatte noch nie etwas von Kreatinin gehört.

»Vom wissenschaftlichen Standpunkt aus ist das höchst bemerkenswert. Wir müssen Ihre Werte unbedingt im Auge behalten. Morgen wissen wir mehr.«

Dann ging sein Piepser, und mit ihm auch er.

16

Ich wollte nur noch so schnell wie möglich raus aus dem Ospedale. Als es nach zwei Wochen so weit war und ich mit Michele am Pförtnerhäuschen vorbei zum Imbarcadero stapfte, schien mir alles unwirklich – die Leute, die bei der Anlegestelle warteten, das verbeulte Boot, das näherkam, der Himmel mit seinem glühenden Rosarot. Es war, als sähe ich alles zum ersten Mal. Als hätte ich solche Szenen nicht schon tausendfach erlebt – die Frau, die mit Lauch und Tomaten auf dem Deck stand und sich an der Reling festhielt, der Mann, der in den *Gazzettino* vertieft war, die Kinder mit ihren Schulranzen, die sich gegenseitig aufzogen und nach Hause stürmten. Als das Boot Richtung Fondamente Nuove ablegte, durchflutete mich ein Gefühl von Freiheit. Endlich war ich dieser Höllenmaschine entronnen.

Aber ich fühlte mich noch schwach. Michele sprach in einem fort auf mich ein, um mich abzulenken. Der Bauch schmerzte noch immer, und ich wollte nur schlafen.

Als ich auf die Wellen hinausschaute, dachte ich: Nun weiß ich, wie es ist, ein alter Mann zu sein. Und ich hatte einiges vor mir: Ich musste gesund werden. Dann musste ich die Beziehung mit Paolina klären. Ich musste sehen, wie es um meine Gelateria stand. Und um meine Zukunft als Gelatiere. Der Arzt hatte eine Lactose-Unverträglichkeit festgestellt, eine Allergie auf Milchzucker, und mir vom Genuss von Eis abgeraten. Wenn ich kein Eis mehr essen durfte, konnte ich meinen Beruf vergessen.

Auf Höhe der Fondamenta degli Incurabili standen wir auf. Der Motorton des Schiffes wurde leiser, man hörte nur noch das Rauschen der Wellen. Ich fühlte mich unsicher auf den Beinen, das Boot schlingerte, und als es bei Zattere gegen den Landungssteg stieß, musste Michele mich halten. Das Tau wurde um den Poller geworfen, die Metallbarriere zurückgeschoben. Während wir vom öligen Anstrich des Decks auf die verwitterten Bohlen des Stegs traten, sah ich auf der Wasseroberfläche die Luftbläschen von Taschenkrebsen. Zwei Plastikhandschuhe trieben an den Holzpfählen vorbei. Die Glocken der Gesuati-Kirche läuteten mit denen von San Trovaso um die Wette.

Vom Imbarcadero gingen wir zum Ponte Lungo. Im Rio darunter schwammen Enten. Ein Gondoliere in weiß-blau gestreiftem Trikot, die Gondel mit Japanern besetzt, hatte sich hierher verirrt. Sein Ruder klatschte aufs Wasser, tätschelte es, tauchte sachte ein und kam gerade wieder heraus, während er selber elegant auf- und abbalancierte und sich duckte, um sich nicht den Kopf am Gemäuer anzuschlagen.

Gleich nach der Brücke kamen wir zu meiner Gelateria. Antonio begrüßte mich überschwänglich. Er umarmte mich und fragte, wie es mir gehe. Ich nickte. In der Eisdiele sei alles in Ordnung, ich solle mir keine Sorgen machen. Er habe alles im Griff. Reichlich Klientel, reichlich Umsatz. Vanilleeis sei gerade der Renner. Vanilleeis! Ich wusste nicht, ob mich das beruhigte oder eher beunruhigte. Ich spürte einen leichten Druck auf der Stirn.

Nach einem kurzen Schwatz brachte mich Michele zum Campo Sant'Agnese und hoch zu meiner Dachkammer. Es roch muffig, die Luft im Zimmer war dumpf. Ich öffnete die Läden, die Paolina zugezogen haben musste, und ließ Licht und Luft herein. Auf dem Parkett waren noch Spuren der Schubkarre zu sehen. Als ich auf den Schreibtisch blickte, sprang mir das offene Tagebuch mit der halb herausgerissenen Seite ins Auge.

Ich packte meine Sachen aus, machte einen Tee und legte mich ins Bett. In der Zwischenzeit kaufte Michele Karottensuppe. Es war das Einzige, was mir bekam. Er bugsierte ein ganzes Einkaufswägelchen voll Karottensuppe zu mir – Kartonpackungen mit fertigen Suppen, die nicht besonders gut schmeckten. Aber kulinarische Raffinesse war jetzt nicht das Wichtigste.

Nachdem er die Einkäufe in der Küche verstaut hatte, setzte er sich zu mir ans Bett. Er hatte ein schlechtes Gewissen, weil er das Hotel Bauer vorgeschlagen hatte. Er meinte, letztlich sei *er* an allem schuld. Ich versuchte ihm seine Schuldgefühle auszureden, sagte, dass das überall hätte passieren können, musste immer wieder gähnen und hatte Mühe, nicht auf der Stelle einzunicken.

»Halt die Ohren steif!«, sagte er nach einer Weile, er musste zurück in seine Apotheke. Der Satz deprimierte mich. Er klang, als wäre ich ein schlimmer Fall.

Trotzdem hoffte ich, so bald wie möglich wieder hinter der Theke zu stehen, am frühen Morgen wieder frisches Eis zu machen. Ich stellte mir vor, für die »Mostra Internazionale del Gelato« eine neue Komposition mit Papayas und Passionsfrüchten zu kreieren, um die »Coppa d'Oro« zu verteidigen. Doch rasch zeigte sich, dass ich den Grad meiner Erschöpfung unterschätzt hatte. Saft- und kraftlos schleppte ich mich durch die Tage. Wagte ich die paar Schritte zur Gelateria, geriet ich schon nach wenigen Metern außer Atem und schaffte es kaum mehr zurück.

Meist lag ich einfach im Bett und hing meinen Gedanken nach. Stundenlang starrte ich zur Decke und dachte gelangweilt an die Stukkateurinnen. Da mir das Lesen schwerfiel, horchte ich auf die Geräusche der Brandung, das Anklatschen des Wassers, lauschte den Möwen, den Booten und Passanten, roch Diesel, feuchte Luft, Moder, bis mich das stete Murmeln des Wassers in den Schlaf wiegte. Ich träumte von einem Riesenpudel, der freudig an mir hochsprang und mir die Füße leckte, was mich mit seltsamer Lust erfüllte. Das Gurren von Tauben riss mich aus dem Traum. Meine Gedanken schwankten zwischen der Zunge des Riesenpudels und dem Desaster im Spital.

Ich fühlte mich elend. Vielleicht war ich aber auch nur so verbittert, weil Paolina mir zusetzte. Ich hatte ihr das Album *Cambio* von Lucio Dalla zukommen lassen, Lieder, die wir oft zusammen gehört hatten. Sie schickte es zurück. Sie wünsche mir von Herzen gute Besserung, aber ich solle sie in Ruhe lassen.

Das Gerücht, dass sie wieder mit dem Metallbauschlosser zusammen war, bestätigte sich. Eines Nachmittags, als ich Antonio in der Gelateria einen kurzen Besuch abstattete, kreuzte sie mit ihrem Toskaner auf, um an der Zattere ein Gianduiotto zu lutschen. Er trug Manchesterhosen und einen Schnurrbart, sie ein feuerrotes Kleid von Dolce & Gabbana. Als sie zur Theke kamen, wandte ich mich ab. Hätte ich bedient, hätte ich ihr den Portionierer um die Ohren geschlagen. Ich starrte nur ins Hinterzimmer, wo der Freezer stand, und kochte vor Wut.

Alles entglitt mir, Paolina, die Gesundheit, die Gelateria. Meine Tage bestanden aus Karottensuppe, aus dem Wegwischen von Scheiße und aus Stuhlproben. Ich wechselte den Arzt, man entdeckte abermals Salmonellen, und ich begann erneut mit einer Antibiotika-Kur. Die Angst, ein Dauerausscheider zu sein, der ein Leben lang Salmonellen in sich trug und für andere eine Gefahr darstellte, wuchs von Tag zu Tag.

Dann zeigten sich erste Fortschritte. Die dritte Antibiotika-Kur schlug an, und nach drei Monaten Krämpfen und Bauchschmerzen war ich zum ersten Mal ohne Beschwerden. Ich lebte nicht mehr nur von Karottensuppe und Fencheltee oder vom Apfelmus meiner Mutter. Reis, Bananen, Avocados kamen hinzu, nach und nach auch Fleisch. Nur Fisch, Salat und Milchprodukte mied ich.

Fast unmerklich kehrte meine Kraft zurück. Ich spürte, wie sich mein Zustand verbesserte. Zum ersten Mal in meinem Leben wagte ich, den Fondamenta degli Incurabili entlangzugehen. Ich fühlte mich wie neu geboren. Es war, als hätte man mir ein zweites Leben geschenkt.

In der Nähe des Incurabili-Gebäudes setzte ich mich ans Ufer und schaute auf den Kanal. Auf dem Wasser waren Dutzende von Barken und Barkassen, die zur Giudecca oder von dort nach Dorsoduro hinüberwechselten. Ich wusste, dass auch ich einen Wechsel brauchte, dass sich in meinem Leben etwas ändern musste.

Musste ich, wenn ich kein Eis mehr essen konnte, meinen Beruf aufgeben? Oder sollte ich mich von nun an ausschließlich um die Zutaten kümmern? Die richtige Wahl der Zutaten war neben der Luft und dem Wissen um den richtigen Augenblick beim Rühren und Gefrieren das Wichtigste. Schon vor meiner Krankheit hatte ich mich nicht mit der erstbesten piemontesischen Haselnuss zufrieden gegeben, sondern die beste von allen gesucht. Hatte nicht die erstbeste friulanische Milch und die erstbesten ligurischen Kräuter verwandt, sondern mich um eine besonders natürliche Milch und die würzigsten Kräuter bemüht. War jetzt die Zeit, noch einen Schritt weiter zu gehen und die Politik der Zutaten noch rigoroser zu betreiben? Der Trend ging ja Richtung Natur und Natürlichkeit, und mit den fettfreien Sorbets für Kalorienbewusste hatten wir bereits neue Wege beschritten.

Und die Frauen? Ratlos starrte ich auf das vorbeiziehende Kreuzfahrtschiff, die *Ikarus Palace*, an deren Reling Hunderte von Passagieren standen. Hoch über der Stadt glitten sie dahin und schauten auf Menschen und Dächer herunter, lachten, winkten und fotografierten.

Um Ruhe vor den Touristen zu haben, begann ich, meine Spaziergänge über das Dorsoduro hinaus auszudehnen. Mit dem Vaporetto fuhr ich nach Sant'Erasmo, wo nichts vom Gedränge und Geschiebe der Stadt zu spüren war. Im Grunde gab es hier nichts zu sehen, und gerade das war das Aufregende daran. Keine Kunst, keine Baugeschichte, kein Gewerbe, sondern Gemüse, Obst und Artischocken. Einfache Häuser, Schuppen und Hütten, ab und zu ein Kanal, der die grünen Felder durchschnitt.

Die Gezeiten und das Wechselspiel von *marino* und *lagunare* ließen den Wasserspiegel steigen und sinken. Das helle Blau der Adria vermischte sich mit dem von Sümpfen durchzogenen Grün der Lagune zu schillernden Zwischentönen. Durch den Canale di Sant'Erasmo strömte Meerwasser ein und überschwemmte den Bàcan-Strand an der Südostspitze der Insel.

Während ein Kahn durch den Kanal blubberte, setzte ich mich auf einen Plastikstuhl und schaute auf die Schiffe, die in der Fahrrinne des Porto di Lido vorbeizogen. Als der Wasserspiegel wieder sank und Sandbänke auftauchten, steuerte ein kleines Boot einen dieser Flecken an, Ausflügler packten Stühle und Proviant aus und markierten ihren Ankerpunkt mit einem bunt gestreiften Sonnenschirm.

Stundenlang beobachtete ich das Spiel von Ebbe und Flut. In der Abgeschiedenheit der Gemüseinsel, unter der Obhut des Heiligen Erasmus, des Nothelfers der Kranken, hoffte ich klarer zu sehen und zu einem Schluss zu kommen. Ich hoffte, dass die Tausende Artischocken, die hier wuchsen, anregend wirkten. Im Archiv hatte ich bei arabischen Heilkundlern vom reinigenden Effekt der Gemüseartischocken gelesen. In einer Osteria aß ich *Tagliolini con castraure di Sant'Erasmo*. Die Sprösslinge schmeckten ausgezeichnet, und ich konnte mir vorstellen, mit ihnen auch ein delikates Eis zubereiten zu können. Aber meinen verschwommenen Geist machten sie nicht klarer. Die pharmazeutische Wirkung des Cynarins schien sich auf andere Bereiche zu beschränken. Etwas Entscheidendes konnte man offenbar von nichts und niemandem erwarten – außer von sich selbst. Aber wenn man warten musste, wie sich die Dinge entwickelten, wenn man außerstande war, die Situation einzuschätzen? Wenn die Kraft zurückgekehrt war, die Intuition einen aber verlassen hatte? Ohne meinen Weg zu kennen, schlenderte ich auf einsamen Pfaden zur Anlegestelle des Vaporetto zurück.

Zu Hause machte ich mich daran, meine Dachkammer aufzuräumen. Ich entrümpelte den Kleiderschrank, sortierte Bücher aus, trennte mich von kaputten Tassen. Mit einem Schrubber entfernte ich die Spuren der Schubkarre. Das Badezimmer, an dessen Decke wieder ein Gecko hing, brachte ich auf Hochglanz. Zuletzt ordnete ich die Sachen auf meinem Schreibtisch. Ich räumte Tagebuch und Notizen weg, legte nicht mehr Benötigtes zum Stapel mit dem Altpapier. Als ich die Schublade durchforstete, stieß ich auf ein rotes Haarband. Bestürzt hielt ich mich am Schreibtisch fest und starrte das Band an. Schließlich nahm ich es, roch Vanille und wusste, was zu tun war.

17

Als ich aus dem Gebäude des JFK-Flughafens trat, sah ich eine Schlange von Menschen, die auf Taxis warteten, einen Schwarzen, der diese Schlange hektisch dirigierte, und zwei, drei gelbe Cabs. Dahinter sah ich Betonbrücken, Highways und nochmals Betonbrücken. Ein ungeheurer Lärm von vorbeirauschenden Trucks und startenden Maschinen dröhnte in meinen Ohren.

Ein Pakistani chauffierte mich durch den dichten Verkehr Richtung Penn Station. Er sprach kein Wort und war ganz auf das Fahren konzentriert. Die Outer Boroughs waren heruntergekommen und schmuddelig, triste Vorstädte aus roten Backsteinen. Schließlich tauchten am Horizont die geschliffenen Ränder der Skyline von Manhattan auf. Die Gebäude ragten so hoch, dass sie reine Einbildung zu sein schienen.

Vor dem Bahnhof dampfte es unablässig aus dem Untergrund – aus einem mächtigen Kunststoffrohr stiegen weiße

Schwaden hoch, die über die Seventh Avenue tänzelten, sich kringelten, auseinanderstrebten, sich wieder zusammenballten, um sich weit oben in nichts aufzulösen. Es sah aus, als ob die Erde schwer schnaufte, als ob es hier dicht unter der Oberfläche ein Leiden gab.

Nahe dem dampfenden Rohr lag eine Frau auf dem Pflaster. Ein Sanitäter hievte sie in Seitenlage. Auf dem Boden bildete sich eine kleine Lache, daneben lag ein ramponiertes Rad. Rasch formierte sich ein Kreis um die Verletzte, und ich sah nichts mehr.

In der Penn Station erklangen Vivaldis *Vier Jahreszeiten*. Am Schalter zeigte ich meinen Pass und kaufte eine Fahrkarte. Danach stellte ich mich in der Nähe der Anzeigetafel hin, um zu sehen, auf welchem Bahnsteig mein Zug fahren sollte. In der Halle wimmelte es von Menschen. Über Lautsprecher wurden Verspätungen und Abfahrtszeiten bekannt gegeben, und die Leute liefen mit mürrischen Gesichtern herum. Aus Sicherheitsgründen war es verboten, auf dem Bahnsteig zu warten. Überall standen Reisende, die nervös Uhr und Gepäck im Auge behielten und auf die Ankündigung warteten, wo ihre Züge fuhren. Polizisten patrouillierten mit schweren Maschinengewehren durch die Halle. Wenn die Durchsage fünf Minuten vor der Abfahrt kam, setzte jeweils ein Ansturm in Richtung des betreffenden Bahnsteigs ein, so dass die rollenden Koffer *Die vier Jahreszeiten* übertönten.

Track five für Reisende Richtung Albany. Inmitten einer aufgeregten Meute rannte ich zur Rolltreppe zu Bahnsteig fünf. Am silbernen Zug mit den blau-weiß-roten Streifen war nur eine Tür offen. Daneben stand der Schaffner, begrüßte die Passagiere und gab Anweisung, in welchen Teil des Zugs man sich setzen sollte. Ich ging durch die Waggons zum Barwagen und suchte mir einen Platz in der Nähe der *dinette*. Auf farbigen

Tafeln las ich, dass neben Deluxe Club House Sandwiches, Toasted Bacon und Tasty Potato Salad auch Solero Shots, Magnum und andere Eis-Biscuits angeboten wurden.

Der Zug fuhr an und tuckerte minutenlang durch kaum beleuchtete unterirdische Gewölbe, in deren engen Nischen angeblich Tausende von Obdachlosen lebten. Aber es war so finster, dass ich nichts sah, und irgendwie konnte ich mir das auch nicht vorstellen.

Schließlich tauchte der Zug aus den Katakomben auf und stampfte an backsteinernen Wohnsilos und Industrieanlagen vorbei am Ufer des Hudson entlang. Die Sonne blendete und ließ den Fluss glitzern. Das Pfeifen der Lokomotive erinnerte an alte Western, es lag etwas Fröhliches und Optimistisches darin.

Durch den Lautsprecher verkündete der Schaffner, dass wir das »center of the civilized world« verlassen hätten, und forderte auf, den Sitzplatz bis zur Fahrscheinkontrolle nicht zu verlassen. Dann rief er die Station Yonkers aus. Es folgten Croton-Harmon und Poughkeepsie. *Poughkeepsie.* Das klang nach Indianern, Kojoten und Waschbären.

Nach und nach wurde es kühler im Waggon, die Klimaanlage lief auf vollen Touren, und als sich ein übergewichtiger Mann mit umgedrehter Baseballmütze auf dem Kopf durch den engen Korridor zwängte und einen Karton mit Hot Dogs und Cola-Dosen aus der *dinette* holte, bekam ich Gänsehaut.

Die Anstrengungen der Reise machten sich allmählich bemerkbar. Seit fünfzehn Stunden war ich unterwegs. In aller Herrgottsfrühe war ich vom Campo Sant'Agnese aufgebrochen und mit dem Schnellboot zum Flughafen Marco Polo gefahren, war nach Rom und von dort über den Atlantik geflogen. Jetzt war ich vor lauter Erschöpfung völlig überdreht.

Auf der anderen Seite des Flusses rollte ein Güterzug, der von fünf mächtig qualmenden Lokomotiven gezogen wurde, im Schritttempo am Ufer entlang. Wie eine Schlange wand sich der Zug über die kurvige Strecke. Sein Ende war nicht zu sehen.

Manövriert von einem Leichter, nahm auf dem Hudson ein imposantes Tankschiff Kurs auf New York. Hochspannungsleitungen führten von der Kugel eines Atomkraftwerks ins Landesinnere. In der Mitte des Flusses tauchte eine Insel mit einer alten Burg auf. Die Ufer links und rechts des Stromes, die Sümpfe, die Wasserpflanzen und Möwen erinnerten mich an die Lagune. Ich fühlte mich fast wie zu Hause.

Nach gut zwei Stunden kündigte der Schaffner Hudson an. Ich nahm mein Gepäck und ging zur Tür. Der Ausstieg war so hoch, dass der Schaffner einen gelben Hocker auf den Bahnsteig stellen musste. »Mind your step!«, rief er, ein verstauchter Knöchel würde empfindliche Schadenersatzforderungen zur Folge haben. Die ältere Dame vor mir fasste er bei der Hand und half ihr wie ein Galan aus einem anderen Jahrhundert aus dem Waggon.

Aus einem anderen Jahrhundert war auch der Bahnhof. Winzig das Bahnhofsgebäude, ein mickriger Parkplatz und gähnende Öde dahinter. Die blaue Farbe des gewellten Stationsschildes blätterte ab, der Schriftzug »Hudson« war von Rissen durchzogen. Das Gebäude mit seinen gusseisernen Säulen sah aus wie ein verschlafenes Pfarrhaus aus der Kolonialzeit. Nachdem die ausgestiegenen Fahrgäste mit ihren Autos vom Parkplatz weggebraust waren, herrschte Totenstille. Kein Mensch zu sehen, kein Taxi, nichts. Auf der gegenüberliegenden Seite blinkte unter einem Supply-Schild ein Getränkeautomat mit einer riesigen Pepsi-Flasche. Eine Katze humpelte über das Pflaster, eine Krähe flog über den Platz. Im

Wartesaal herrschte Leere. Obwohl Hudson eine Stadt ist, hatte ich das Gefühl, am Ende der Welt zu sein. Fora dal mondo. Was machte ich hier?

Ich nahm einen kräftigen Schluck aus der Trinkflasche, kramte meine Dimes aus der Hose und warf sie in den Schlitz der offenen Telefonzelle, um ein Taxi zu bestellen. Am anderen Ende meldete sich die heisere Stimme eines alten Mannes. Als ich »Alvise« sagte, brüllte er »who?« ins Telefon. Ich wiederholte meinen Namen, aber er hängte, noch während ich sprach, ein. Ich fluchte und versuchte es noch einmal, aber diesmal ging niemand mehr an den Apparat. Ich eilte zurück ins Bahnhofsgebäude, doch der Beamte hatte den Schalter mit einem schweren Eisengitter verrammelt. Es blieb mir nichts anderes übrig, als draußen zu warten, bis jemand auf den Parkplatz vorfuhr und mich mitnahm.

Verärgert saß ich neben meinem Gepäck und schaute der Katze zu, die es auf eine im Straßengraben herumhüpfende Amsel abgesehen hatte. Ein betrunkener, verwahrloster Mann kam auf mich zu. Er suchte die Toilette. Ich konnte ihm nicht helfen.

Nach einer dreiviertel Stunde tauchte ein Taxi auf, das beim Getränkeautomaten hielt. Der Fahrer verschwand in einem Büro, das mir vorher nicht aufgefallen war. Ich überquerte die Straße, trat in das Office und fragte, ob er mich zu meiner Pension nach Kinderhook fahren könne.

»Kinderhook?«, wiederholte er und schaute mich von oben bis unten an.

»Woher kommen Sie?«

»Aus Venedig.«

»Aus Venedig?«

»Ja, Dorsoduro.«

»Dorso what?«

»Dorsoduro.«

»Duro. Damn. Ich war noch nie in Europa. Meine Tochter lebt zwar in Frankreich, in der Nähe von Paris. Aber ich kann es mir nicht leisten, zu ihr zu fliegen. Ich war mein Leben nie außerhalb der Vereinigten Staaten. Nicht einmal in Kanada war ich, obwohl das nicht weit ist.«

»Schade, dass Sie nie aus Amerika rausgekommen sind.«

»Das stört mich nicht. Amerika ist groß genug.«

Er nahm einen Zug an seiner Zigarette, blies genüsslich den Rauch aus und musterte mich erneut.

»Venedig, da kommen die Spaghetti her.«

»So ungefähr.«

»Dann sind Sie jetzt ziemlich lange unterwegs?«

»Zwanzig Stunden.«

»Steigen Sie ein. Ich bespreche noch den Dienstplan für morgen, dann fahre ich Sie.«

Er ging ins Hinterzimmer und unterhielt sich, wie ich sehen konnte, mit einem Dicken, der an einem Bier nippte und Nachrichten schaute. Nach einem heftigen Wortwechsel, von dem ich nicht die Hälfte verstand, knallte der Fahrer die Glastür hinter sich zu und kam zum Wagen.

Missmutig drückte er sich in das dunkelrote Polster seines Schlittens. Es war ein alter Chevy, der ein leises, tiefes Brummen von sich gab. Langsam fuhren wir den Hügel hinter dem Bahnhof hoch und gerieten nach zwei Ampeln in ein slumartiges Viertel mit Bretterverschlägen. Auf der Straße lungerten düstere Typen herum, die den Chevy mit Argwohn beäugten. Einer hatte einen großen Stein in der Hand.

Wenig später standen wir in einer herausgeputzten Straße, in der sich Antiquitätenladen an Antiquitätenladen reihte. In jedem Schaufenster hing das Sternenbanner. Dazu alte oder auf alt getrimmte Möbelstücke. Nach der Prachtstraße passierten wir ein Spital, graue Villen, graue Veranden, Häuserzeilen wie Filmkulissen, ohne Menschen auf dem Trottoir. Schließlich kamen wir aus Hudson heraus und fuhren an einer Landmaschinenfabrik vorbei über sanfte Hügel Richtung Kinderhook. Die Strecke führte durch grünes, bewaldetes Gebiet. Immer wieder säumten Tümpel und Teiche, Pferdekoppeln und Silos die Straße.

Ein Straßenschild wies zur Route 66, die offenbar in der Nähe verlief. Wir nahmen die Route 9 und rauschten an einem Diner vorbei, der mit leuchtenden Neonschriften für Coke und Ice-Sandwiches warb. Zur Rechten folgte ein Flugfeld, zur Linken eine Obstfarm. Der Fahrer blieb stumm. Mir war es recht, nicht reden zu müssen.

Allmählich brach die Dämmerung herein. Im Radio lief *Hotel California* von den Eagles, und ich freute mich auf die Pension in Kinderhook. Wir bogen in eine Nebenstraße. Die Gegend wurde immer einsamer. In einem Waldstück nach einer Kuppe trat der Fahrer hart auf die Bremse. Wild querte die Straße, drei, vier Tiere preschten mit hohen, eleganten Sprüngen auf die andere Seite. Ihre Augen blitzten im Scheinwerferlicht, ihre weißen Schwänze wippten, als sie in den Wald flohen.

»Deer«, sagte der Fahrer, um dann wieder zu schweigen.

Ich nickte. Neugierig sah ich dem Hirsch und den Rehen nach, die im Unterholz verschwanden, dann schaute ich auf das von Schüssen durchlöcherte Straßenschild, das vor Wildwechsel warnte.

Auch die nächsten Schilder waren allesamt zersiebt – *Children at Play, Kinderhook Fire District, Dead Dog's Curve.* Als wir in Kinderhook anlangten, war mir kalt.

Ich bezahlte, der Fahrer steckte die Dollars achtlos in die Brieftasche. Als ich mit meinem Gepäck vor der Pension stand, drehte er um und rief mir aus dem Wagen heraus nach: »Passen Sie auf sich auf, Mann. Ist nicht ungefährlich hier.«

Ich fragte mich, was er meinte. Aber ich war zu müde, um darüber nachdenken zu können. Ich war froh, endlich da zu sein.

In der Pension machte ich mich frisch, stillte meinen Hunger mit einer Suppe und einem Hot Dog und legte mich dann hin. Ich wälzte mich im Bett herum, drehte und wand mich, starrte an die Decke. Von draußen drang fahles Mondlicht herein und das Heulen von Kojoten.

18

Zwischen glänzenden Pferden und schwarz gescheckten Kühen sauste ich über die leicht abfallende Straße. Zum ersten Mal seit meiner Vergiftung fühlte ich mich frei, leicht, beschwingt. Berauscht von der Geschwindigkeit, spürte ich, wie mein Herz schlug und immer rascher zu schlagen begann.

Ich hatte das Rad in der Pension ausgeliehen und war gegen elf aufgebrochen. Die Sträßchen, die ich benutzte, waren still und kaum befahren. Reiher stolzierten über den Asphalt und erhoben sich erst im letzten Augenblick in die Luft. Ab und zu passierte ich eine Ranch, eine alte Scheune oder einen Schuppen. Meist aber ging es durch Wald und Wiesen. Das Stampfen von Pferdehufen begleitete mich wie das Surren der Räder, und von manchen Feldern schwangen sich Truthähne auf.

An jeder Ecke hingen leuchtend orange Anschläge, die das Betreten von Grundstücken untersagten und bei Zuwiderhandlung mit Verfolgung drohten. Ich dachte an die zerschossenen Schilder und trat umso heftiger in die Pedale. Jedes Mal, wenn ich an einem Haus vorbeikam, bellte ein Hund. Aber die Hunde waren angekettet oder trauten sich nicht auf die Straße.

Während des Fahrens versuchte ich mir auszumalen, was ich tun würde, wenn ich das Haus fand, verwarf aber alle Pläne gleich wieder. Vor lauter Aufregung würde ich wohl einen großen Bogen darum machen, alles in Frage stellen und mir schwören, sofort heimzureisen. Wenn ich vor Ort war, musste ich meiner Intuition folgen. So genau wusste ich auch nicht, wo das Haus lag. Allzu weit weg konnte es nicht sein.

Vor mir bog ein Pick-up mit einem verschlammten Motorrad auf der Pritsche nach rechts über eine Auffahrt und zog eine weite, graue Staubfahne hinter sich her. Hier in der Nähe musste sich der Skulpturenpark befinden, von dem ich gehört hatte, und eine Künstlerkolonie mit Schriftstellern und Malern. Ich kam zu einem hübschen hellblauen Haus bei einer Kreuzung, bog in die Straße ein, um zur Kolonie zu fahren, als ich vom Haus her ein lautes Bellen hörte und ein wolliger Riesenpudel mit gewaltigen Sprüngen auf mich zujagte. Mir blieb fast das Herz stehen. Ich hoffte, dass ihn jemand zurückrief, meinte eine Stimme auszumachen, aber der Riesenpudel ließ sich nicht beirren, setzte mir nach, als gehe es um Leben und Tod. Ich versuchte zu beschleunigen, hatte aber der Kreuzung wegen abgebremst. Es dauerte, bis ich wieder in Fahrt kam. Der Hund rückte immer näher. Ich wandte mich um und fluchte über die Leute, die sich solche Hunde hielten, fluchte über dieses *fucking America*, wo jeder eine Knarre und einen Hund hatte und Eigentum wichtiger war als alles andere. Das Biest holte mich ein, japste neben mir her, jaulte, hechelte und kläffte mich an. »Via! Via!«, brüllte ich, so laut und böse ich konnte, aber der Riesenpudel ließ nicht von mir ab, im Gegenteil, er begann in die Luft zu springen, als wollte er mich um jeden Preis stoppen. Er war völlig außer sich. Die Worte des Taxifahrers schossen mir durch den Kopf: *Passen Sie auf sich auf, Mann. Ist nicht ungefährlich hier.*

Für den Bruchteil einer Sekunde schien die Zeit stehen zu bleiben, ich blickte auf die Weite der Straße vor mir, den gelben Mittelstreifen, die Sonne, die hoch stand und die Landschaft zum Leuchten brachte, die Pyramidenpappeln, den lauschigen Teich und das kleine Boot auf der Wiese. Der Pudel knurrte, er ließ nicht ab von mir, jagte mit wild wedelnder Rute neben mir her, wimmerte, winselte, um mit aufgeregtem Gebell zum Sprung auf mich anzusetzen. Ich spürte seine gekräuselten Läufe, seine Pfoten und Fänge, stürzte zu Boden und prallte auf das Pflaster. Ich fühlte etwas Wolliges und Feuchtes, spürte die Zunge des Hundes, dann spürte ich nichts mehr.

Als ich wieder zu mir kam, brummte mir der Schädel. Ich hatte einen gewaltigen Druck in der Stirn. Ich lag noch immer auf der Straße. Eine Frau beugte sich über mich.

»Fehlt Ihnen was?«

»Nein, nein.«

Die Frau in meinem Alter begleitete mich in das hellblaue Haus und wollte, dass ich mich ein wenig hinlegte. Mit wackligen Beinen folgte ich ihr. Auf einem großen Sofa streckte ich mich aus. An der Wand hing das Bild eines weißen Pferdes, das durch leere Zuschauerreihen ging, draußen hörte ich einen Rasenmäher. Vom Riesenpudel war nichts zu sehen und nichts zu hören. Die Frau schien erleichtert, dass nichts Ernstes passiert war.

»Mein Gott, bin ich froh, dass Sie wieder zu sich gekommen sind. Ich hatte solche Angst, es könnte etwas Schlimmes sein.«

Ich war noch benommen vom Aufprall.

»Halb so schlimm«, sagte ich. »Ich brauche nur ein bisschen Zeit, um mich von meinem Brummschädel zu erholen.«

Die Frau sah mir eine Weile ins Gesicht, dann blickte sie auf meine Füße, schließlich wieder in mein Gesicht.

»Vielleicht haben Sie doch eine Hirnerschütterung?«

»Nein, nein. Machen Sie sich keine Sorgen. Es geht mir schon besser.«

Ihr Haar fiel ihr auf einer Seite ins Gesicht. Sie trug ein dunkles Kleid. Der Vorfall schien ihr peinlich zu sein.

»Hören Sie, was passiert ist, tut mir sehr leid. Homer ist sonst die Ruhe selbst. Ich weiß nicht, was in ihn gefahren ist.«

Seltsamer Name für einen Hund. Ich mochte Hunde nicht besonders. Vielleicht hatte dieser Homer meine Gedanken gerochen. Vielleicht hatte seine Nase gewittert, dass ich Angst hatte und ihn lächerlich fand.

»Auch Hunde haben mal einen schlechten Tag. Wenigstens hat er mich nicht gebissen.«

»Homer hat sie von Kopf bis Fuß abgeleckt. Er wedelte und winselte und hatte unglaublich Freude an Ihnen. Denken Sie nicht, dass er Sie jagen wollte. Es war reine Begeisterung.«

»Begeisterung?«

Ich sah sie mit hochgezogenen Brauen an.

»Glauben Sie mir. Ich kenne Homer sehr gut.«

Es entstand eine Pause. Sie musterte mich mit ihren hellen grünen Augen.

»Möchten Sie einen Tee? Einen kleinen Lunch?«

»Das ist nicht nötig. Danke.«

»Aber ich mache Ihnen gerne ein Sandwich. Ich mache sowieso eines für mich. Da spielt es keine Rolle, wenn ich für Sie auch eines mache.«

Ich zögerte einen Augenblick. Aber tatsächlich hatte ich ein bisschen Hunger.

»Wenn's Ihnen nichts ausmacht, dann nehme ich Ihr Angebot gerne an.«

»Ich mach Ihnen einen Schwarztee und ein feines Truthahn-Sandwich mit Tomaten. Das bringt Sie wieder auf die Beine.«

Sie eilte aus dem Zimmer, und ich schaute mich ein wenig um. An einem Schrank hingen Kinderzeichnungen, welche die Frau mit Parka zeigten. Auf einem vollgestopften Bücherregal lagen jede Menge Bücher, ein Ratgeber »Mut zur Trennung«, daneben ein dickes schwarzes Fernglas, wie ich es von meinen Reisen nach Longarone und in die venetischen Alpen kannte, wo die Hirten mit solchen Gläsern nach ihren Schafen suchen. Vor dem Fenster befand sich ein Schreibtisch mit einem großen Bildschirm, an dem alle möglichen Zettelchen und Fotos hingen sowie das Bild einer Kuh, die einsam auf einem Schneefeld stand und am Schnee leckte.

Blickte man aus dem offenen Fenster, war eine frisch gemähte Wiese zu sehen, auf der eine Art Murmeltier vorwitzig über die Heuhaufen sprang, sich aufrecht auf die Hinterbeine stellte, einen Warnruf von sich gab und in einem Loch unweit des Teiches verschwand. Dahinter leuchteten rote Büsche, und aus dem nahen Dickicht waren Laute zu vernehmen, die an subtropische Gefilde erinnerten – ein ständiges Surren, Sirren und Sägen. Hoch über dem Dickicht querte eine Formation Wildgänse die Gegend. Das elegante V und der gleichzeitige Flügelschlag ließen mich meinen Brummschädel einen Moment lang vergessen.

Nach einer Weile kam die Frau mit einem Tablett aus der Küche, reichte mir eine Tasse Tee und ein mit Tomaten, Eiern und Truthahnscheiben belegtes Sandwich. Auch sie selbst nahm sich ein Sandwich und setzte sich zu mir. Das Sandwich schmeckte ausgezeichnet. Während ich mein Brötchen verzehrte, beobachtete ich jede ihrer Bewegungen. Ich bewunderte, wie sie aß und sich so ganz dem Sandwich hingeben konnte. Als sie es gegessen hatte, wischte sie sich mit einer Papierserviette Hände und Mund ab. Schließlich wandte sie sich wieder mir zu und strahlte mich an.

»Tolle Sandwiches«, sagte ich.

»Ich bin ganz verrückt nach Sandwiches, darum mache ich sie auch gerne.«

»Ich habe nie ein besseres gegessen.«

»Danke. Robert, mein Mann, mag Sandwiches nicht. Und auch meine Kinder stehen eher auf Hamburger oder Cheeseburger. Da muss ich die Gelegenheit schon beim Schopf packen, wenn ich meine geheime Vorliebe mal mit jemandem teilen kann.«

Ich nickte und bedauerte im Stillen, dass es einen Robert gab. Eigentlich gab es ja immer einen Robert. Draußen jaulte Homer.

»Sie haben einen italienischen Akzent«, sagte sie nach einer kurzen Pause.

Dieser Satz ließ mich aufhorchen. Plötzlich hatte ich das Gefühl, sie schon lange zu kennen. Mir wurde schwindlig.

»Ist Ihnen nicht gut? Soll ich Sie nicht doch ins Hospital fahren?«

»Nein, nein«, sagte ich, als ich mich wieder ein wenig gefasst hatte. »Ich bin nur noch etwas benommen.«

Ich schaute auf das weiße Pferd, das durch die leeren Ränge ging.

»Ja. Ich bin Italiener. Ich bin erst seit gestern hier.«

»Sie sprechen gut Englisch.«

Sie schaute mich an und lächelte.

»Ich habe Englisch studiert. Jetzt arbeite ich als Gelatiere. Die Touristen helfen, dass ich nicht ganz aus der Übung komme.«

»Sie sind Gelatiere?«

»Ja.«

»Das ist ja ein Zufall. Mein Mann arbeitet als Manager bei ‚Ben & Jerry's'. Kennen Sie die Marke?«

»In Rom habe ich mal eine Portion ‚Ben & Jerry's' probiert. Man muss wissen, was die Konkurrenz macht. Ich mochte das Eis ganz gern, es war luftig und lecker.«

»Das wird Robert freuen.«

Ich schaute auf die Kuh, die am Schnee leckt. Dann starrte ich auf die zarten, länglichen Hände der Frau, die an ferne Erinnerungen rührten, auch wenn mir nicht klar war, an welche. Bald würde eines ihrer Kinder auftauchen, die keine Sandwiches mochten, oder dieser Robert, der auch keine mochte. Dass Robert ein Gelatiere im Nadelstreifenanzug war, gab mir einen Stich ins Herz. Womöglich war er ein ganz passabler Kerl, auch wenn ich mir das im Moment nicht vorstellen konnte. Aber wenn ich Glück hatte, blieb mir noch ein wenig Zeit, bevor ihre Familie nach Hause kam.

Ab und zu warf ich ihr einen scheuen Blick zu und ließ mich von ihrer Ausstrahlung bezaubern. Ihre Schönheit trug sie, als wäre sie das Normalste der Welt. Sie schien im Einklang mit sich selbst zu sein, ohne jede Affektiertheit und nach der Aufregung wieder ganz entspannt. Ihre zwanglose Art entspannte auch mich, es fühlte sich an, als glitte ich in ein warmes Bad.

»Was für eine schöne Gegend«, sagte ich.

Sie sah mich unverwandt an.

»Ja, Columbia County bietet großartige Landschaften, eine einzigartige Fauna und Flora. Zudem ist man in zwei Stunden in New York City.«

»Columbia County ist wunderbar«, sagte ich.

»Sind Sie hier im Urlaub?«

Ich stockte.

»Ja.«

Sprachlos schaute ich sie an. Und dann gingen mir endlich die Augen auf.

»Noemi …«

Sie kniff die Augen zusammen.

Wir starrten uns an, als hätten wir uns noch nie gesehen.

19

Utica, Rome, Syracuse hießen die Orte, die wir auf unserer Fahrt passierten. Ich fragte, ob wir auch noch nach Venice kämen. Noemi lachte und sagte, das liege in Kalifornien. Indianisches wie Mohawk, Mannahatta oder Niagara könne sie noch bieten – auf Venezianisches würde ich vergebens warten.

Zwischen den Orten lagen Sümpfe, Weiden, Wildnis. Auf einem schachbrettartigen Feld mitten im Niemandsland zog ein alter, verdreckter Traktor den Stallmiststreuer hinter sich her. Ab und zu sah man Pferde oder eine Kuhherde, rote Schuppen oder silbern glänzende Futtersilos, die an Phalli oder altmodische Raketen erinnerten. Noemi schaute mich an.

»Ich bin so froh«, sagte sie, »dass ich mir diesen Herzenswunsch erfüllen kann. Zum Glück ist Robert mit den Kindern für ein paar Tage nach Montana zu seinen Eltern geflogen.«

Ich legte das Buch über die Niagarafälle weg, in dem ich geblättert hatte, und schaute sie an.

»Du bist schon lange verheiratet?«

»Ja, Robert und ich kennen uns seit zehn Jahren.«

»Auch ein Einzelkind?«

»Nein, kein Einzelkind.«

Sie schaute mich scharf an, und damit war das Thema erledigt.

»Hättest du nicht auch gerne Kinder gewollt?«, fragte sie, während der Zug den Mohwak River entlangratterte.

Ich überlegte einen Augenblick lang.

»Ich weiß nicht. Die Partnerin für gemeinsame Kinder habe ich leider nicht gefunden. Oder schon, aber ich war noch zu jung dafür.«

Noemi lächelte etwas ratlos und blickte mich nachdenklich an.

»Vielleicht haben wir uns einfach zur Unzeit kennengelernt. Sprechen die Griechen nicht vom *kairos*, dem richtigen Augenblick, von dem alles abhängt?«

»Doch, Hesiod spricht vom rechten Moment. Und auch Homer.«

Wir lachten. Homer – ob der den richtigen Augenblick gerochen hatte?

Wir schauten uns an und schwiegen. Ich nahm einen Schluck aus der Mineralwasserflasche.

»Weißt du, Noemi, ich habe lange gedacht, dass wir uns nie mehr wiedersehen würden. Dass man das Rad der Zeit nicht zurückdrehen kann. Ich dachte, was vorbei ist, ist vorbei. Unwiderruflich und endgültig. Und doch habe ich mir all die Jahre nichts sehnlicher gewünscht, als dich wiederzusehen. Zu erfahren, was aus dir geworden ist. Zu wissen, ob du glücklich bist, ob es dir gut geht. Ob du allein lebst oder eine Familie hast. Als ich dann nach meinem zweiunddreißigsten Geburtstag mit Salmonellen und Gelbsucht im Spital lag, war ich auf dem absoluten Tiefpunkt. Ich hatte solche Schmerzen, dass ich dachte, nie mehr aus diesem Loch herauszukommen. In meinen Fieberhalluzinationen sah ich dein Bild auf dem grau marmorierten Boden des Bades, sah dich in der Maserung der Wand. Wieder zu Hause, vegetierte ich wochenlang dahin. Nach und nach ging es mir etwas besser. Aber erst als ich vor zwei Wochen meinen Schreibtisch aufräumte und in der Schublade auf dein rotes Haarband stieß, wusste ich, dass ich dich suchen wollte. Ich roch daran, es roch nach Vanille, und auf einen Schlag war alles wieder da. Wie wir zusammen Eis aßen und auf meinen Lego-Hafen schauten. Wie du dich dem Eis hingegeben hast. Wie wir zu den Fondamente Nuove spaziert sind.«

»Vanille?«

»Vanille.«

Ich lächelte.

»Dann habe ich Tag für Tag im Internet recherchiert, bis ich endlich auf deine Adresse gestoßen bin. Ich war mir nicht ganz sicher, ob es wirklich gut war, dich wiederzusehen. Ich habe es mir hin und her überlegt. Dann gab ich mir drei Wochen Zeit, um dich zu finden.«

»Und warum hattest du Zweifel, ob es eine gute Idee war, mich wiederzusehen?«

Nachdenklich starrte ich aus dem Fenster.

»Ich weiß nicht. Ich wollte nichts kaputt machen. Ich wollte die schönen Erinnerungen nicht zerstören. Vielleicht wäre es besser, nicht an den alten Sachen zu rühren und alles ruhen zu lassen.«

Gedankenverloren blickte ich auf ihre Hände.

»Ich glaube«, sagte ich, »ich wollte dich nicht enttäuschen. Und auch nicht enttäuscht werden.«

Noemi schaute mich kopfschüttelnd an.

»Ich hätte mir das Wiedersehen anders gewünscht, ohne diesen Unfall. Alles wegen Homer, das Ganze war mir furchtbar peinlich. Und doch kam mir dein Gesicht gleich bekannt vor, auch wenn ich es nicht einordnen konnte. Als ich die Sandwiches machte, überlegte ich die ganze Zeit, woher ich dich kannte, aber ich kam zu keinem Schluss. Wie lange haben wir uns nicht mehr gesehen? Zwanzig Jahre?«

Sie machte eine kurze Pause.

»Aber im Grunde hast du dich kaum verändert. Du bist immer noch der Alvise, den ich einmal sehr gern gehabt habe.«

Ich war ein wenig verlegen, versuchte zu lächeln, aber es gelang mir nicht.

»Weißt du, auch ich habe oft an dich gedacht. Es ist nicht einfach für mich gewesen, hierher nach Amerika zu kommen und bei null zu beginnen. Am Anfang war ich oft einsam. Ich sehnte mich nach Venedig zurück. Ich sehnte mich nach jemandem, der mich versteht, so wie du mich verstanden hast. Wenn es mir schlecht ging, dachte ich immer an dich.«

Noemi schaute mich ernst an.

»Aber warum hast du mir nie geschrieben? Ich dachte, du hättest in Amerika neue Freunde gefunden und interessierst dich nicht mehr für mich.«

Sie seufzte.

»Ich habe mir lange überlegt, ob ich dir schreiben soll. Ich habe immer wieder Briefe aufgesetzt und sie nicht abgeschickt. Hätte ich sie abgeschickt, dann wären auch Briefe von dir gekommen, und das hätte ich nicht ertragen. Eine Rückkehr nach Venedig schlossen meine Eltern kategorisch aus. Das kam für sie nicht in Frage. Wären jedoch keine Briefe von dir gekommen, hätte ich es auch nicht ertragen. Dann hätte ich gedacht, dass du dich rächst, mich strafst, mir auf stille Weise eine Abfuhr erteilst. Ich wollte nicht verletzt werden, und eine

Zurückweisung schien mir umso wahrscheinlicher, da ich dich vor den Kopf gestoßen hatte. Ich habe versucht, dich zu vergessen.«

Sie biss sich auf die Lippe.

»Und, ist es dir gelungen?«

Sie zuckte mit den Achseln und lächelte mich an.

Ich schaute auf ihre Hände, die mit dem Niagara-Buch spielten.

»Ich hätte dir bestimmt geantwortet, hättest du mir geschrieben. Wir wären befreundet geblieben, und ich wäre vielleicht mal nach Amerika gekommen. Das hätte alles verändert. Wer weiß, womöglich hätte unser Leben eine ganz andere Wendung genommen.«

»Das ist gut möglich. Aber die Dinge laufen halt nicht immer so, wie man es sich vorstellt.«

»Aber du bist doch glücklich, oder?«

»Glücklich?«

Sie kniff die Augen zusammen.

»Ich weiß nicht …«

Einen Augenblick lang war es still. Man hörte nur das rasselnde Schnarchen des Dicken vor uns, der in Schenectady zugestiegen war und gleich zwei Sitze in Beschlag genommen hatte. »Oh God, I am not made for these damned seats!«, hatte er gestöhnt, als er sich auf den Zweiersitz gezwängt hatte.

»Und wie steht's mit dir? Bist du glücklich? Abgesehen von den paar Schrammen siehst du blendend aus.«

»Findest du? Ich habe den Eindruck, ich werde immer schwieriger, mein Körper immer anfälliger. Ich mag mich gerade nicht sonderlich.«

»Aber du hast eine gute Ausstrahlung. Du gefällst mir noch besser als früher.«

Ich schaute sie verlegen an.

»Na, mit dir kann ich nicht konkurrieren. Aber es freut mich, dass du das so siehst.«

Man hörte das Pfeifen der Lokomotive. Der Dicke vor uns wachte auf und hievte sich hoch, um in den Speisewagen zu gehen. Langsam näherten wir uns Buffalo.

»Was das Glück betrifft, hatte ich nicht immer Glück. Ich bin zwar ganz zufrieden mit meiner Gelateria, bin stolz auf den Erfolg, den ich habe. Die Leute kommen gerne dahin. Aber sonst ist einiges schiefgelaufen. Manchmal denke ich, dass damals, als wir bei mir im Zimmer saßen und Eis leckten, die glücklichsten Momente meines Lebens waren.«

Kaum hatte ich das gesagt, hörte man einen gewaltigen Knall, dann noch einen und noch einen, irgendetwas krachte gegen die Fensterscheibe. Als ich hinausschaute, sah ich eine Gang von Jugendlichen, die Steine gegen den im Schritttempo fahrenden Zug warfen. Ihre Gesichter waren wütend. Wir duckten uns. Immer neue Brocken prallten gegen die Scheibe. Verängstigt schauten wir uns an. Aber das Glas hielt, und der stählerne Zug tuckerte weiter, als ob nichts gewesen wäre.

Die Steinwürfe setzten unserem Gespräch ein abruptes Ende. Bis Buffalo schwiegen wir.

»Weißt du«, hob Noemi nach Buffalo plötzlich an, » es war nicht ganz einfach für mich, mit dir auf diese Reise zu gehen. Ich hatte auch Zweifel, Respekt vor der Situation. Natürlich freute ich mich sehr und war erleichtert, dass die Familie nach Montana flog und sich so alles von alleine geregelt hat. Aber ich hatte auch Gewissensbisse – auf was lasse ich mich ein, was hat das zu bedeuten?«

»Das kann ich verstehen«, sagte ich.

»Eigentlich hätte ich diese Woche bei den Vereinten Nationen dolmetschen sollen. Ich stehe auf Abruf bereit, und sie wollten mich für eine Konferenz. Zum Glück sprang eine Freundin ein.«

Der Zug fuhr den Niagara River entlang. Ein Kraftwerk und riesige Strommasten säumten die Strecke.

»Und jetzt?«, fragte ich nach einer Weile. »Ich meine, bist du froh, dass wir zusammen zu den Fällen fahren, oder ist es dir immer noch nicht geheuer?«

Sie schaute mich unverwandt an.

»Ein wenig durcheinander bin ich schon. Aber ich finde es toll, dass wir diese Reise machen.«

Als wir in Niagara Falls ankamen, landeten wir im Niemandsland. Mitten im Nichts ein Gebäude, ein paar Baracken, ein Dutzend Gleise ohne Bahnsteig. Zwei gelbe Hocker, um auszusteigen. Von den Fällen und der Stadt keine Spur, nicht mal Taxis, um uns ins Hotel zu bringen. Wir schauten uns an. Pfützen, heruntergekommene Schuppen, Kies.

Eine Krähe hockte auf der Fahrleitung und stieß ärgerliche Laute aus. Rund um die drei abgetakelten orangefarbenen Schalensitze neben dem Gleis pickten Tauben Krümel. Der Wind pfiff über das Gelände. Niemand stieg aus; die meisten waren schon in Rochester oder Buffalo ausgestiegen, und die wenigen Passagiere, die noch im Empire saßen, fuhren weiter Richtung Toronto. Offenbar reiste man nicht mit dem Zug nach Niagara.

»Hm«, sagte ich.

Noemi versuchte zu lächeln, aber die Enttäuschung war ihr ins Gesicht geschrieben.

»Einen so hässlichen Ort habe ich noch nie gesehen. Aber warten wir ab. Die Fälle werden uns hoffentlich entschädigen.«

Nach einer Weile tauchte ein Taxi auf, und wir stiegen ein. Über eine hässliche Betonbrücke fuhren wir Richtung Stadt.

Aber auch die Außenquartiere von Niagara Falls wirkten heruntergekommen.

Schließlich gelangten wir zum Hotel, einem wuchtigen Backsteinbau beim Prospect Point. Die Zimmer waren geschmacklos eingerichtet, verlottert und in jeder Weise vernachlässigt. Aber das war mir egal, ich spürte jetzt, ganz nahe am Ziel, so etwas wie Hochstimmung. Vielleicht war ich nach der langen Fahrt auch nur überdreht.

Nachdem wir das Gepäck auf unsere Zimmer gebracht und uns frisch gemacht hatten, gingen wir zu den Wasserfällen. Wir schlenderten zur säuberlich gepflegten Parkanlage, über der ein dumpfes Grollen lag. Die »donnernden Wasser« waren zu hören, noch bevor wir sie sahen. Ich spürte den feinen Wasserstaub in der Luft. Touristen gesellten sich zu einer Indianerskulptur und ließen sich fotografieren. Ein fetter Rabe stolzierte über das Gras und krächzte. Am Himmel hing ein Heißluftballon, und auf der kanadischen Seite glitzerte ein mächtiger Turm in der Sonne. Vorbei an Bänken und Blumenrabatten erreichten wir den Observation Tower.

Auf der Aussichtsplattform sahen wir endlich das tosende Wasser: die amerikanischen Bridal Veil Falls, dazwischen Goat Island und dahinter die kanadischen Horseshoe Falls. Senkrechte weiße Wände von ungeheurer Höhe. Der Niagara stürzte sich über eine gewaltige Kante in die Tiefe. Wie eine helle Rauchwolke aus Industrieschloten stieg feuchte Luft aus der brodelnden Hexenküche. Über dem tobenden Wasserschoß brach sich das Licht zu kräftigen Regenbögen. Der Lärm war ohrenbetäubend.

Mir verschlug es die Sprache. Ich hielt mich am Geländer fest, das bebte und zitterte, und rang nach Atem. Der Eindruck der schäumenden Wassermassen nahm mir die Luft. Eine ganze Weile standen wir am Geländer und schwiegen. Schwiegen in das Donnern hinein, das die Fälle von sich gaben. In den Schrecken, den sie verbreiteten, und die Schönheit.

Stumm sahen wir uns an. Noemi lächelte, und ihre Augen schlossen sich. Sie sog das Grollen ein, das Beben, den feinen Sprühregen.

»Weißt du, dass ich mir nichts sehnlicher gewünscht hatte als eine Hochzeitsreise zu den Niagarafällen? Aber Robert wollte nicht zu den Fällen«, sagte sie schließlich.

»Wo seid ihr dann hin?«

»Wir sind überhaupt nirgendwo hin. Robert hatte viel zu tun. Am Schluss haben wir gar keine Hochzeitsreise gemacht.«

Weit unten im unruhigen Niagara fuhr ein kompaktes Boot, voll besetzt mit Touristen, langsam auf die Fälle zu. Die *Maid of the Mist* war nur ein Kutter, eine Nussschale mit Schornstein. Von ferne sah es aus, als würde ein Haufen Lebensmüder freiwillig in den nassen Tod gehen. Ein Helfer, der neben uns an der Brüstung stand und unsere erstaunten Gesichter sah, beruhigte uns: »Es ist nicht gefährlich. Wir machen das schon seit Jahren und wissen, wie man navigieren muss. Es gibt nun mal keine bessere Möglichkeit, die Fälle aus der Nähe zu sehen.«

»Seit Jahren?«

»Seit über hundert Jahren bricht die *Maid of the Mist* zu dieser Tour auf.«

»Und es ist nie etwas passiert?«

»Nie.«

Noemi schaute mich fragend an, ich nickte, und wir nahmen den Lift zum Fuß des Towers. Durch einen neonbeleuchteten Tunnel gelangten wir zur Anlegestelle. Die Fahrgäste, die vom Ausflug zurückkamen, legten ihre tropfnassen Regencapes ab, schüttelten ihre Haare, reinigten Brillen und

Fotoapparate und schlenderten vergnügt, aber auch wie hypnotisiert zum Ausgang. Auf dem Landesteg überboten sie sich mit Superlativen:

»Großartig!«

»Fantastisch!«

»Wahnsinn!«

Um den »Wahnsinn« auch zu erleben, kauften wir Fahrkarten, bestiegen das Boot, schlüpften in blaue Plastikcapes und stellten uns vorne an den Bug. Aus der Nähe erinnerte mich die *Maid of the Mist* an ein aufgedonnertes Vaporetto. Langsam tuckerte der Kutter mit brummendem Motor zu den kleineren amerikanischen Fällen, dann an der steilen Kante von Goat Island vorbei Richtung Horse Shoe Falls. Während sich das Schiff dem Hexenkessel näherte, spürte ich die zerstiebende Gischt im Gesicht und an den Händen. Die Wucht der herunterstürzenden Wassermassen wirbelte Myriaden winziger Tröpfchen auf. Ein immerwährender Sprühregen erfüllte die Luft, eine kalte Dusche nach der anderen erzeugte ausgelassene Heiterkeit. Das Schaukeln des Schiffes gab einen Vorgeschmack von Seekrankheit, das unablässige Tosen schluckte jedes Geräusch.

Der Wind riss mir die Kapuze herunter, so dass ich mit der linken Hand nach ihr griff, während ich mich mit der rechten an die Reling klammerte. Noemi stand dicht neben mir. Sie war ganz auf die Fälle fixiert, auf das schaumige Gebrodel rundherum und die immer dichter werdende Gischt. Mit ihrer Kamera versuchte sie den Moment einzufangen, doch die Linse beschlug.

Die wenigen Meter zu dem schäumenden Toben ließen mich frösteln, Arme und Beine überzogen sich mit Gänsehaut. Die Gewalt des Wassers war atemberaubend. Die Fälle hatten eine Kraft, die alles auszulöschen drohte. Ich dachte an die todesmutigen »Daredevils«, die sich in Fässern oder anderen Behältern heruntergewagt hatten – viele von ihnen waren umgekommen. Und ich dachte an die zahllosen Frischvermählten und die Heiratswilligen, die hierher kamen, um sich das Jawort zu geben. Neben uns stand ein Brautpaar, das sich zuvor hatte trauen lassen. Die Braut hatte sich, wie sie laut erklärte, geweigert, ein Regencape über ihr teures Brautkleid zu ziehen, weil sie fand, es sehe lächerlich aus. Jetzt war sie, soweit man das in dem Sprühnebel sehen konnte, durch und durch nass. Aber es machte ihr nichts aus, sie lachte von ganzem Herzen und warf sich ihrem Bräutigam strahlend in die Arme. Vielleicht, dachte ich, sollte ich mich Noemi auch einfach in die Arme werfen. Aber irgendetwas hinderte mich daran. Wie gelähmt stand ich an der Reling und träumte von nichts anderem, als sie zu küssen. Wie lange hatte ich auf diese Gelegenheit gewartet, und doch zögerte ich.

Der dröhnende Lärm verursachte eine bizarre Stille. Schließlich machte die *Maid of the Mist* kehrt, und wir tuckerten an der Ziegeninsel vorbei wieder zum Ausgangspunkt zurück. Je weiter wir uns vom Tosen entfernten, desto lauter wurde es. Meine Schuhe waren nass. Kurz vor der Lände streiften wir die Regenhüllen ab und versuchten die Feuchtigkeit aus den Gesichtern zu schütteln. Wie damals in meinem Zimmer redeten wir nicht viel. Es war ein Einvernehmen zwischen uns, ohne dass wir miteinander sprechen mussten.

Beim Ausgang bildete sich eine Schlange, weil eine fettleibige Frau nicht durch das Drehkreuz kam, durch das man die Anlage verlassen musste. Die Frau blieb stecken, schaffte es weder vor noch zurück und rief verzweifelt um Hilfe. Ihre Rufe wurden immer hysterischer, die Situation war peinlich und bedrohlich. Zugleich machte sich bei den Leuten, welche die Lände nicht verlassen konnten, Spott und Unmut breit.

Wir mussten lachen, aber ich fühlte auch Mitleid mit der eingeklemmten Frau, die sich im Drehkreuz verkeilt hatte. Schließlich fand sich für uns ein Weg um das Drehkreuz herum, die Schlange löste sich auf, und wir ließen die von einem Helfer betreute, aber untröstliche Frau in ihrem seltsamen Gefängnis zurück.

Im Hotel machten wir uns frisch und gingen zum Abendessen in ein kanadisches Restaurant auf der anderen Seite der Fälle. Nach einem saftigen Rindersteak mit Gemüse und Pommes frites kam die Dessertkarte, und da erzählte ich Noemi, dass die Ärzte mir geraten hatten, kein Eis mehr zu essen. Sie schaute mich mit großen Augen an.

»Warum denn das?«

»Wegen Lactose-Unverträglichkeit.«

»Lactose-Unverträglichkeit? Vielleicht solltest du es trotzdem versuchen. Falls sich die Ärzte täuschen – und sie täuschen sich oft –, dann bringst du dich um einiges.«

»Na, ich weiß nicht.«

»Alvise, was machst du ohne deine Gelateria? Wenn du kein Eis mehr essen kannst, kannst du deinen Laden dichtmachen. Nach allem, was du mir erzählt hast, kann ich mir das nicht vorstellen. In deinem Leben dreht sich doch alles ums Eis, nicht wahr?«

»Da hast du recht. Aber die Schmerzen, die ich hatte, möchte ich nicht wieder bekommen.«

»Was könnte denn im schlimmsten Fall passieren, wenn du einen Bananensplit isst?«

»Keine Ahnung. Durchfall. Bauchkrämpfe. Übelkeit. Womöglich lande ich wieder im Spital.«

»Na, dann will ich dich nicht drängen. Obwohl ich glaube, dass dir ein Becher Eis ganz gut tun würde. Ohne Eis fühlst du dich doch nur wie eine halbe Portion.«

Damit lag sie nicht falsch. Doch die Schrecken meines Infekts waren noch frisch. Und ich wollte nichts riskieren, jetzt, da ich Noemi wiedergefunden hatte. Trotzdem war ich hin- und hergerissen, und als die Kellnerin an den Tisch kam, um die Bestellungen aufzunehmen, entschied ich mich nicht für einen Schokoladenkuchen, sondern für ein Vanilleeis.

»Ein Vanilleeis?«, fragte Noemi mit einem verschmitzten Lächeln.

»Zur Feier des Tages. Wenn es schiefgeht, wirst du mich betreuen müssen.«

»Wird schon schiefgehen«, sagte sie und bestellte eine große Portion Limoneneis.

Das Eis kam. Ich betrachtete es mit Skepsis. Zweifel stiegen in mir auf, ob ich nicht einen Fehler beging. Aber als ich sah, wie Noemi strahlte, verschwanden meine Zweifel, ich griff zum Löffel und ließ mir das Eis langsam und genüsslich auf der Zunge zergehen. Ich schloss die Augen. Es war köstlich. Etwas mehr Luft war in diesem amerikanischen Eis, die Struktur anders, aber trotzdem war es köstlich. Seit Monaten hatte ich diesem Moment entgegengefiebert, befürchtet, es würde nie mehr so weit kommen. Und jetzt das: Ich saß mit Noemi an einem Tisch, hatte sie nach Jahren der Trennung wiedergefunden und auch die Freude am Eis zurückgewonnen – gab es ein größeres Glück?

Während ich mein Vanilleeis leckte, beobachtete ich jede von Noemis Bewegungen – sie wartete eine Weile, ließ das Gelato stehen, bis es sein ganzes Aroma entfalten konnte, und begann erst, als es schon zu verlaufen drohte, behutsam daran zu löffeln. Lustvoll leckte sie an dem Limoneneis, das mit Zitronensaft, Cointreau und einem Schuss Prosecco abgeschmeckt worden war. Mit größtem Zartgefühl behandelte sie die Portionen auf ihrem Löffel, als wären es auserlesene Köstlichkeiten.

Seit jener Zeit, als ich in meinem Bett am Rio della Misericordia lag und sie die Waffeln brachte, hatte sich nicht viel verändert. Noch immer bewunderte ich, wie sie sich so ganz dem Eis hingeben konnte. Wie sie völlig darin aufging. Es gab nichts Schöneres, als ihr beim Eisessen zuzuschauen. Als sie den letzten Rest aus der Schale gelöffelt hatte, wischte sie sich mit der Serviette den Mund ab. Schließlich wandte sie sich wieder mir zu und lächelte mich an. Es war nicht bloß eine Schleckerei, der ich beigewohnt hatte.

»Gar nicht so schlecht, dieses amerikanische Eis«, sagte ich.

»Schmilzt herrlich auf der Zunge.«

»Es sieht anders aus, schmeckt anders, hat eine andere Konsistenz. Ich könnte mir vorstellen, auch mal solches Eis zu machen. Es ist luftiger und schwerer zugleich.«

»Das wäre wunderbar. Das musst du unbedingt tun.«

In Gedanken malte ich mir aus, wie ich in New York eine Gelateria eröffnete, um Noemi nahe zu sein. Wie ich die New Yorker mit amerikanischem und italienischem Eis in das Lokal lockte. Dann spürte ich ein heftiges Stechen im Bauch, und meine Träumereien verflogen, so schnell, wie sie gekommen waren. Jetzt bekam ich die Rechnung für meine Unvorsichtigkeit präsentiert. Ich konnte mir einfach nichts mehr erlauben.

»Ist dir nicht gut? Du siehst plötzlich so blass aus.«

»Es geht schon«, sagte ich und verzog mich, verärgert über mich selbst, auf die Toilette. Begann jetzt alles wieder von vorn, hatte ich nichts gelernt aus meinem Aufenthalt im Ospedale? Ich versuchte, zur Ruhe zu kommen, versuchte, langsam und tief in den Bauch hinein zu atmen. Panisch bespritzte ich meinen Kopf mit kaltem Wasser und sah mich im Spiegel an. Der Bauch gurgelte, gab seltsame Geräusche von sich. Nach einer Weile ließ das Stechen nach, die Blässe verflüchtigte sich.

Als ich zurückkam, umfasste Noemi mein Handgelenk.

»Fühlst du dich besser?«, fragte sie.

Ich nickte. Ihre Hand beruhigte mich, bereitete mir ein Gefühl von Wohlbehagen. Draußen tauchten große Strahler die Fälle in ein milchiges Licht. Kolorierte Scheiben vor den Scheinwerfern ließen sie in zarten Bonbonfarben erstrahlen. Unentwegt blitzten Kameras, und der helle Mondschein legte einen gespenstischen Zauber über das Ganze.

Die Lichtshow mit den Regenbogenfarben war pompös aufgezogen. Aber da ich den sanften Druck von Noemis Hand spürte, fand ich das Spektakel trotzdem schön.

»Glaubst du an die Schönheit?«, fragte Noemi unvermittelt. »Glaubst du daran, dass Schönheit uns zu besseren Menschen macht?«

Ich war verdutzt. Woher wusste sie, woran ich gerade dachte? Konnte sie sich so sehr in mich einfühlen? Oder war das nur Zufall?

»Wenn ich dich sehe, dann glaube ich ganz bestimmt an Schönheit. Schönheit verschafft ein berauschendes Gefühl.«

Sie lächelte.

»Du schmeichelst. Aber ich meine es ernst, Alvise: Was bleibt davon zurück? Ist es mehr als nur ein kurzes Gefühl? Ist es mehr als nur ein Hauch von etwas?«

»Vielleicht schafft Schönheit ja auch ein anhaltendes, tiefes Gefühl?«

Sie legte den Kopf ein wenig zur Seite und fuhr mit dem Finger um den Rand der Eisschale.

»Glaubst du denn an die Unvergänglichkeit von Gefühlen?«

Ich wusste nicht, was ich sagen sollte. Ich glaubte gerne daran, aber natürlich war es auch möglich, dass das nur Fiktion war.

»Unvergänglich?«, fragte ich zurück, um Zeit zu gewinnen.

»Ja.«

»Dass sich gewisse Gefühle wiederholen und immer gleich bleiben?«

Sie nickte.

»Das ist eine schöne Vorstellung«, sagte ich, »eine, die mir sehr lieb ist und der ich mich gerne hingebe.«

Ich blickte hinüber zu den amerikanischen Bridal Veil Falls.

»Aber eigentlich«, fuhr ich fort, »ist nichts unvergänglich. Schau dir nur diese Fälle an. Sie scheinen unvergänglich, dabei zerstören sie sich selbst. Vor Tausenden von Jahren rauschten sie noch elf Kilometer weiter flussabwärts in den Ontariosee. Das Wasser hat in der Zeit eine lange Schlucht in das Gestein gefressen. Irgendwann aber wird die weichere, obere Gesteinsschicht abgetragen und nur noch die harte, untere da sein. Dann wird es keine Fälle mehr geben.«

Das Kinn in die Hand gestützt, schaute mich Noemi nachdenklich an. Sie schüttelte den Kopf.

»Ich glaube, die Fälle werden immer da sein«, erwiderte sie. Ihre Bestimmtheit hatte mir schon immer gefallen. Vielleicht war es die Erinnerung an ihre Bestimmtheit, die mich all die Jahre gefesselt hatte.

Schließlich warf sie einen flüchtigen Blick auf die Uhr. Es war schon nach Mitternacht.

»Wollen wir aufbrechen?«

Ich half ihr in die Jacke, und ohne zu reden schlenderten wir über die Rainbow Bridge zurück auf die amerikanische Seite. Vielleicht hätte ich ihren Arm nehmen sollen. Den Prospect Park entlang gelangten wir durch verlassene Straßen zu unserem Hotel. Wir stiegen in den Lift und fuhren schweigend hoch zur letzten Etage, wo sich unsere Zimmer befanden. Der Fahrstuhl glitt langsam höher. Wie beiläufig berührten sich unsere Arme ein wenig. Sollte ich sie jetzt küssen? Aber ich traute mich nicht und verharrte wie eine Schildkröte.

Die Türen des Fahrstuhls öffneten sich. Oben angekommen, standen wir verlegen im Gang. Gleich würde sie »Gute Nacht« sagen und in ihr Zimmer verschwinden. Nach einem fantastischen Abend war ich auf dem besten Weg, alles zu vermasseln. Die Beleuchtung schimmerte. Für einen Moment schaute mich Noemi an, als ob sie mich zum ersten Mal sähe. Wir standen genau in der Mitte zwischen unseren Zimmern. Das Grün ihrer Augen funkelte. Dann erlosch die Beleuchtung, ihre Hand legte sich auf meine Schulter, sie flüsterte mir ein Wort ins Ohr, und plötzlich lagen wir uns in den Armen.

20

Eng umschlungen taumelten wir in Noemis Zimmer. Ich drückte sie an mich und küsste sie. Ich küsste sie auf den Mund. Der erste Kuss. Ganz tief im Bauch spürte ich ein Kribbeln. Etwas öffnete sich in mir, ich spürte, wie jeglicher Widerstand schwand. Immer wieder berührten sich unsere Lippen. Dann ließ ich vom Mund ab, küsste ihr Gesicht, ihre Stirn, den Haaransatz, die geschlossenen Lider, die Brauen, die Wangen und den Hals, vor allem den Hals. Als ich vom Hals genug hatte, küsste ich ihre Ohrläppchen. Ihre Ohrringe kitzelten mich. Sanft strich ich ihr über das Haar und sog ihren wunderbaren Duft ein, diesen Vanilleduft, der das ganze Zimmer erfüllte. Die Reifen, die sie um ihre geschmeidigen Handgelenke trug, gaben ein leises Klingeln von sich.

Traumwandlerisch gelangten wir zum Fenster. Während ich Noemi über und über mit Küssen bedeckte, stützte sie sich am Fensterbrett ab. Der Mond warf sein fahles Licht auf uns. Als ich mich dicht an ihren Hals schmiegte, huschten Wolken über den Himmel und verhüllten die helle Scheibe. Behutsam berührte ich ihre Kette aus Bernsteinperlen, mit der sie während des Essens gespielt hatte, streichelte ihren Nacken, in dem sich ein paar Haare kräuselten. Alles war neu und aufregend. Wie ein sanftes Rauschen drang von draußen das Geräusch der Fälle herein.

Endlich war ich angekommen. Ich spürte Noemis Herzschlag. Und ich spürte meinen. Wie im Takt schlugen unsere Herzen, als der Mond sich wieder zeigte. Das Fensterbrett knarrte, ihr blondes Haar lag eng an den Schläfen und glänzte im Mondlicht. Es duftete so wundervoll, dass meine Nase immerzu nur diesen Duft einziehen mochte.

Schließlich löste ich mich und rückte den Kopf ein Stückchen zurück, um sie besser sehen zu können. Auch sie schien durcheinander. Sie warf mir einen kurzen, zärtlichen Blick zu. Dann fasste sie meine Hände. Ihre Hände fühlten sich heiß an. Ihr Körper glühte. Lange schauten wir uns schweigend an, Noemis Schönheit drang in mich ein und machte mich verrückt. Ich sah in ihr Dekolleté, sah den Ansatz ihrer Brüste. Ich sah das winzige braune Pünktchen über ihrer Nasenwurzel.

Es war nicht der Moment, um zu sprechen. Sie zog mich wieder an sich, schlang ihre Arme um mich und presste ihren Mund auf meinen. Ihre Lippen waren ganz weich. Ihre Zunge drängte sich an meine, forsch, fordernd. Alles war überraschend und überwältigend: die Kraft ihrer Zunge, die Zartheit ihrer Zungenspitze, die Form ihrer Zähne. Unter dem Drängen ihrer Zunge, auf der noch der Geschmack des Limoneneises lag, verlor ich die Orientierung, wer und wo ich war. Ich schloss die Augen, öffnete sie wieder und versank in den ihren. Ihr Blick hielt mich fest. Zum ersten Mal nahm ich ganz genau die Farbe ihrer Augen wahr: ein klares, schimmerndes Grün, das man auf keiner Farbentafel finden würde. Ein fernes Grün, nicht ganz von hier. Ein Grün, in das man versinken konnte.

Unsere Finger verstrickten sich ineinander, lösten sich, drückten sich von Neuem. Ich schwebte auf einer Wolke, umnebelt von Noemis Vanilleduft, gefangen von ihrem fernen Grün. Ich wiegte mich im Moment, der Frische ihrer Lippen, der Wärme ihrer Zunge. Ich wünschte mir, dass dieser Augenblick nie verginge. Und doch war auch etwas Trauriges in mir, was ich nicht verstand.

Das Rauschen der Fälle hüllte uns ein. Noemi schlang die Arme noch fester um mich, und ich spürte ihren weichen Körper, die Rundungen ihrer Brüste. Unsere Zungen suchten immer neue Wege, sich zu umschmeicheln. Ihre Hände wanderten über meinen Nacken und meine Schultern den Rücken hinab. Mit einer raschen Bewegung glitt sie aus den Schuhen. Ihre Füße schimmerten hell in den dunklen Seidenstrümpfen. Sie stellte sich auf die Zehenspitzen, und ich schlüpfte aus meinen Mokassins.

Wenn ich mich an sie schmiegte, spürte ich ihre langen Wimpern. Sie kitzelten mich. Ihr Make-up war zerlaufen. Ich öffnete ihre zusammengesteckten Haare. Ich konnte nicht genug bekommen von ihren Haaren, fuhr mit der Hand hinein, darüber und darunter, badete in dieser Woge von Weichheit und Lust.

Schließlich mochte sie sich nicht länger abstützen am Fensterbrett, nahm meine beiden Hände und führte mich sachte zum Bett. Als wären wir ein einziges Wesen, fielen wir auf die Laken. Das Bett ächzte, die Matratze gab nach, hing durch. Wie Katzen wälzten wir uns auf den Laken hin und her. Schließlich öffnete ich ihr Abendkleid. Sie zog das Kleid hoch, streifte es über Arme und Gesicht und ließ es fallen. Dann streckte sie sich nach mir aus, um mich zu umfassen. Sie hatte nur noch dunkle Unterwäsche an. Ihre Brüste streiften meinen Oberkörper.

Langsam öffnete sie, einen nach dem anderen, die hellen Perlmuttknöpfe meines Hemdes und glitt mit ihren Fingerspitzen über meinen Bauch und meine Brust. Zärtlich spielte sie mit meinen Brusthaaren, tastete ihre heiße Hand hierhin und dorthin, so dass ich leise aufstöhnte. Über und über bedeckte sie mich mit Küssen, während ich meine Augen nur einen Spalt geöffnet hatte.

Dann zog sie mir das Hemd aus und die Blue Jeans. Jetzt waren wir beide nur noch in Unterwäsche. Sie massierte meine Füße, knetete und liebkoste sie. Ich öffnete ihren Büstenhalter, fuhr mit den Händen die Rundungen ihrer Brüste nach, streichelte sie, drückte sie, saugte an ihren Spitzen.

Ich hielt inne. Ich nahm ihr Gesicht in beide Hände, ihre Lider bebten leicht. Ich wollte alles auskosten, jeden Zentimeter ihres Körpers. Ich wollte sie erforschen, bis meine Hände alles über sie wussten. Vorsichtig strich ich über ihre Wange, die hohe glatte Wange, und fasste mit den Fingern nach ihren feinen Nackenhaaren. Mit den Fingerspitzen tastete ich über ihren Rücken, bis sie mit halb geöffneten Lippen dalag und ganz leicht zuckte. Ich küsste sie, und meine Zähne stießen an ihre.

Ich sah das Muttermal in ihrem Nacken und konnte mich nicht daran satt sehen. Mit einem Mal zog sie mich an sich. Während sie meine Brust leckte, streichelte sie mein Schamhaar und griff in die Unterhose. Sie nahm meinen Penis in die Hand und glitt mit der Zunge zu ihm.

Ihre Fingerkuppen fuhren über meinen Oberkörper, und ich streifte ihren String ab. Ihr Schoß war feucht. Sie setzte sich auf mich. Langsam kreisend umfing sie mein Glied, fand immer neue Lust, es mal tiefer, mal weniger tief in sich aufzunehmen. Ich passte mich ihren Bewegungen an, es war wie ein Tanz, ein Tango, ich streichelte die Spitzen ihrer Brüste, stieß rasch und heftig in sie hinein, dann sanft und langsam, um schließlich ganz im gemeinsamen Rhythmus aufzugehen.

21

Gegen Mittag standen wir auf. Noemi wollte noch einmal zu den Fällen. Hand in Hand schlenderten wir durch den Prospect Park über die Brücke zur Ziegeninsel. Die Sonne drückte, wurde aber von Schwaden aus Nebel, Dunst und Gischt verdunkelt. Ständig neuer Dampf ballte sich zusammen und stieg aus der Schlucht hoch. Die Luft war feucht, geladen und hatte einen metallischen Geschmack. Unter der Brücke schoss das weiße Wasser rasch dem Bridal Veil Fall entgegen. Wir blieben kurz stehen, schauten über den Fluss zur kanadischen Seite, betrachteten das Wüten und Tosen. Unsere Gesichter waren nass, die Hände klamm.

Jenseits des Geländers strebte Noemi weiter der Südspitze der kleinen Insel zu – Terrapin Point, eine Ecke oberhalb der Hufeisenfälle, wo man ihnen besonders nah war.

»Das kannst du nicht machen«, sagte ich ernstlich besorgt. »Du kannst hier nicht einfach über die Absperrung hinweg.«

Noemi wunderte sich.

»Doch, das ist eine Abkürzung. Und da haben wir den viel schöneren Blick, jetzt, wo die Sonne langsam durchkommt.«

Ich zögerte, mir war das Ganze nicht geheuer.

»Ich glaube, du kannst hier nicht quer gehen. Das ist viel zu gefährlich.«

»Na komm, da sind schon viele lang gegangen.«

Widerwillig folgte ich ihr. In meinen Augen war das verrückt, was sie machte, ich wäre lieber auf dem offiziellen Weg geblieben. Die glatten Sohlen meiner Schuhe waren rutschig. Und auch ihre hatten kein griffiges Profil. Ein Fehltritt, und es war passiert. Voller Sorge stapfte ich auf dem engen Pfad, während Noemi unbeirrt voranschritt.

Endlich erreichten wir Terrapin Point, von wo wir einen berauschenden Blick auf den Niagara hatten. Kurz vor dem Fall schien der Fluss sich auf unheimliche Art und Weise zu verlangsamen, stillzustehen. Dann gerieten die Stromschnellen in Raserei, schossen schäumend und tosend mehrere Meter in die Höhe, bevor das Wasser in die Tiefe stürzte. Die Zeit schien für einen Augenblick aufgehoben. Oder zu zerspringen. Vor lauter Schäumen sah man fast nichts. Das einen Kilometer entfernte kanadische Ufer war nicht auszumachen. Die Luft donnerte, die Erde bebte.

Lange standen wir da und staunten. Verzaubert gingen wir zurück, Noemi wollte wieder über den gesperrten Trampelpfad, und etwas in mir schüttelte den Kopf. Aber ich ging ihr nach, ich wollte nicht wie ein Langweiler dastehen. Der glitschige Pfad ließ mir den Atem stocken. Nach einer Weile erreichten wir die Anlage mit den drei, vier Häusern, die zum *Cave of the Winds* führte. Dort kam man auf hölzernen Stegen zu Plattformen am Fuß der amerikanischen Fälle, erlebte hautnah die donnernden Wasser, stand mitten in der grollenden Hexenküche. Bei den Häusern wurde man für die Tour ausgerüstet. In einer Garderobe wartete ein in gelbe Regenponchos gehülltes Grüppchen auf den Fahrstuhl in die Tiefe. Wir zogen unsere Schuhe aus und schlüpften in die riesigen braunen Stiefel, die bis zu den Knien reichten. Dann stiegen wir in das Ölzeug. Derart ausgestattet, harrten wir aus, bis unser Grüppchen an der Reihe war, mit dem Lift nach unten zu rauschen. Noemi machte ein Bild von mir in dem bizarren Outfit. Mir war nicht wohl in den riesigen Stiefeln. Schließlich gesellte sich ein Führer zu uns, stellte sich als Mr. Cleary vor und gab die Instruktion, nicht vom Weg abzukommen und sich strikt an seine Anweisungen zu halten. Wenig später fuhren wir mit dem Aufzug durch den Fels. Unten angekommen, stapften wir erst durch einen neonbeleuchteten Tunnel, in dem man es donnern und rauschen hörte, und dann standen wir plötzlich draußen auf der untersten Plattform, von wo man über verschiedene Stege immer näher an die Fälle herankam. Gänsehaut überzog mich mitten in diesem Tosen, zwischen gewaltigen Felsbrocken und schäumenden Wassermassen. In sicherem Abstand tuckerte die *Maid of the Mist* zu den kanadischen Fällen, und hoch über uns schwebte ein Fesselballon am wolkenlosen Himmel.

War es schon beschwerlich gewesen, mit den unpraktischen Stiefeln durch den Tunnel zu stapfen, schien mir das Gehen auf den glitschigen Holzplanken noch schwieriger. Ich hatte keinen Halt in den zu großen Latschen, rutschte hin und her und wurde noch und noch überholt. Langsam arbeitete ich mich am Geländer hoch, hielt mich vorsichtig fest, rundherum ein ungeheures Brodeln und Brausen. Selbst Noemi, die unmittelbar hinter mir gegangen war, ließ mich hinter sich und lächelte mir im Vorbeigehen verschmitzt zu. Sie hatte sich passendere Stiefel ausgesucht und ging leichtfüßig über die

Planken hinweg. Immer wieder spritzte einem Wasser ins Gesicht, Gischt sprühte von allen Seiten auf. Ich wollte Noemi fotografieren, so nahe an den Fällen, beinahe mittendrin, doch die Linse beschlug auf eine Weise, dass im Sucher nur Schemen auszumachen waren. Die paar Fotos, die ich trotzdem machte, zeigten nur verschwommen eine neblige Gestalt. Wegen des ohrenbetäubenden Lärms hörte ich die Anweisungen des Führers nicht mehr, aber ich folgte einfach den anderen. Nach einiger Zeit begann ich mich zu ärgern, dass ich in diesen Trip eingewilligt hatte. Ich keuchte, bekam kaum Luft und war heilfroh, die Gruppe nicht aus Sichtweite zu verlieren.

Auf einer unteren Plattform machte ich eine Pause, während die anderen schon weiter oben waren. Noemi winkte und lachte mir von oben zu, sie schien ganz in ihrem Element, wenigstens ihr bereitete das höllische Treiben Spaß. Der *Cave of the Winds* machte seinem Namen alle Ehre, kräftige Winde pfiffen über die Planken und zerrten an den Ponchos, ließen ein Meer von Tropfen auf uns niederregnen. Trotz Regenschutz war ich völlig durchnässt, meine Kapuze wurde immer wieder aufgerissen, und auch in die Stiefel drang Wasser ein. Ich hätte nicht mitgehen, sondern oben warten, an Michele oder meine Eltern eine Postkarte schreiben sollen. Jetzt aber gab es kein Zurück mehr, ich durfte Noemi und die anderen nicht aus den Augen verlieren, ich wollte nur noch in den Tunnel zurück, in den Aufzug, und dann nichts wie hoch, nichts wie zurück in das warme Hotel, die nassen Kleider ausziehen und unter die heiße Dusche.

Endlich erreichte ich Noemi und die Gruppe auf der höheren Plattform. Wir standen unmittelbar neben dem tobenden Inferno. Sie nahm mich in den Arm und küsste mich, strich mir zärtlich durchs Haar. Ihre Geste hob meine Stimmung, und ich war glücklich, dass sie glücklich war. Aber ich fühlte mich auf seltsame Weise auch allein, obwohl sie übers ganze Gesicht strahlte, obwohl sie hin und weg war von dem grandiosen Schauspiel. Je einsamer ich mich fühlte, desto fester drückte ich sie an mich.

Der Führer brüllte, wir sollten weitergehen zur nächsten Plattform. Noemi schickte sich an, ein Bild von dem Regenbogen zu machen, der sich über uns spannte. Ich wollte bei ihr bleiben, aber sie meinte, ich solle ruhig vorgehen, sie sei sowieso schneller und hole uns gleich wieder ein. So löste ich mich von ihr, und sie blieb allein zurück. Unsicher stapfte ich auf den Planken hoch, immer neue Güsse prasselten mir an den Kopf, ans Ölzeug, die Windstöße raubten mir fast den Atem. Ich war erleichtert, den Weg zurück zu einem Tunnel zu erblicken, als unmittelbar neben mir ein gewaltiger Schwall Wasser über den Steg fegte. Ein dumpfes Poltern war zu hören, wie wenn ein Riese über die Planken ginge, dann war, trotz des Lärms, für einen Moment alles still. Eine Stille, die sich endlos hinzuziehen schien. Schließlich kam ein Brüllen von oben, und als ich mich umdrehte, war Noemi nicht mehr zu sehen. »Noemi!«, schrie ich verzweifelt, hastete zur unteren Plattform, watete durch das Wasser, wollte nicht glauben, dass sie nicht mehr da stand. Oben kreischten Stimmen, Mr. Cleary rief mich zurück, »Vorsicht! Vorsicht!«, rief er, aber ich hörte nicht auf ihn, stieß vielmehr auf Noemis Kamera, deren Riemen sich an einem Pfosten verfangen hatte. Doch von Noemi weit und breit keine Spur. Wie gelähmt hielt ich mich an dem Pfosten fest, rang, ihre Kamera in den Händen, um Atem, starrte auf die überfluteten Planken und suchte mit den Augen die umliegenden Felsen ab. »Noemi!«, schrie ich noch einmal, doch außer dem alles verschlingenden Tosen war nichts zu hören.

Ein weiterer Schwall schwappte über die Absperrung, ich klammerte mich mit letzter Kraft an den Pfosten. »Kommen Sie!«, schrie Mr. Cleary, der sich nach unten gekämpft hatte. »Es ist zu gefährlich hier!«, brüllte er und versuchte mich hochzuzerren, doch ich klammerte mich weiter an den Pfosten, als ob davon mein Leben abhinge. Störrisch blieb ich stehen, wollte nicht wahrhaben, dass Noemi etwas zugestoßen sein konnte. Tränen liefen mir über die Wangen, vermischten sich mit der Gischt auf meinem Gesicht. Cleary redete mir zu, doch ich hörte nicht, was er sagte. Ich sah nur, dass sich seine Lippen bewegten. Eindringlich und beschwörend sah er mich an. Seine buschigen Brauen hoben sich, er schüttelte mich am Arm, aber ich ließ den Pfosten nicht los. Da Cleary nicht von mir abließ, wurde ich wütend, aber ich hatte die Kraft nicht, ihn abzuschütteln. Es war ein Schmerz in mir, der mich vollkommen lähmte, mich versteinerte. Cleary zerrte an mir und fluchte ohne Unterlass. Immer neue Wasserschwälle schwappten über die Planken, als hätte man Schleusentore geöffnet. Wie ein Schiffbrüchiger klammerte ich mich an den Pfosten. Meine Sturheit brachte Cleary zur Weißglut. Aber warum ließ er mich nicht in Ruhe? Warum haute er nicht einfach ab und brachte den Rest der Gruppe in Sicherheit? Endlich wandte er sich ab, als hätte er meine Gedanken gelesen. Auch die Wasserschwälle ließen nach, und endlich hatte ich Gelegenheit, etwas mehr zu sehen, nach Noemi Ausschau zu halten. Da fühlte ich einen Schlag an den Hinterkopf und brach zusammen. Ich sah noch Noemis Kamerariemen, dann sah ich nichts mehr. Einige Momente lang war ich weg, aber im gleißenden Neonlicht des Tunnels kam ich rasch wieder zu mir. Ich blutete, und Sanitäter kümmerten sich um mich. Offenbar hatte mir Cleary von hinten seine Faust an den Kopf gerammt, um mich zu überwältigen und hochzuschleppen. Ich wollte sofort wieder hinaus, Noemi suchen, sie retten, aber mit vereinten Kräften hielten mich die Sanitäter zurück, drängten mich in den Lift und begleiteten mich nach oben. In der Garderobe befreite man mich von den Stiefeln und dem Ölzeug, stillte die Wunde, legte behelfsmäßig einen Verband an. Dann kam der Krankenwagen, in den ich nicht wollte, aber die Sanitäter banden mich auf die Bahre, und schon jagte der Wagen mit Blaulicht Richtung Festland.

Im Spital ging alles sehr schnell. Das Loch im Kopf war in wenigen Minuten genäht, und da ich sonst in Ordnung war, durfte ich mit der Auflage, mich zu schonen, wieder gehen. Ich wollte gleich zu den Fällen zurück, aber der Mann vom Kriseninterventionszentrum, der bei mir blieb, führte mich ins Hotel auf mein Zimmer und wies mich an, mich hinzulegen und auszuruhen. Der Mann harrte unten in der Lobby aus. Ich duschte, legte mich aufs Bett und wartete auf Meldungen. Apathisch lag ich da und starrte zur Decke.

Immer wieder stellte ich mir vor, wie ich Noemi hielt, als die Welle kam, mich mit ihr an den Pfosten klammerte und sie mit Wasser in Augen, Mund und Ohren in Sicherheit brachte. Immer wieder hielt ich sie fest und rettete sie. Aber so war es nicht gewesen. Ich konnte nur auf ein Wunder hoffen, dass alles doch noch gut herauskam – Noemi war eine gute Schwimmerin, vielleicht fand man sie weiter unten am Ufer, erschöpft, aber lebend. Hatten nicht eine Reihe von »Daredevils« den Sturz über die Fälle in Fässern und anderen Behältern überlebt?

Mir blieb nur, zu warten und zu hoffen. Doch ich wusste nicht, ob ich das aushalten würde, ob ich das nur zehn Minuten lang aushalten würde, eingesperrt in diesem muffigen Zimmer. Gestern noch hatten wir uns im Zimmer nebenan die ganze Nacht geliebt, zum ersten Mal geliebt. Staub wirbelte durch die Luft, machte mir bei jedem Atemzug zu schaffen. Ich hustete, hatte Mühe zu atmen, glaubte zu ersticken. Immer wieder schaute ich auf die Uhr, zählte die Minuten, hoffte auf den erlösenden Anruf. Es musste etwas geschehen. Doch Minute um Minute verging. Immer nur Stille. Stille.

Unter meinen Lidern zuckte es. Überall an meinem Körper begann es zu zucken, in den Beinen, den Armen. Der Schmerz krümmte mich, drückte mich zusammen. Ich wand mich auf dem Bett hin und her, biss ins Laken.

Die Schimmelaugen an der Decke starrten mich an, sie grinsten. Aber vielleicht tauchte Noemi doch noch auf? Vielleicht war sie auf eine untere Plattform gespült worden und hatte sich dort festgeklammert? Einen Augenblick lang war ich mir sicher, dass es so war. Bilder stiegen in mir auf, wie ich sie in die Arme schloss, sie hielt und drückte. Wie ich sie küsste. Ihren Vanilleduft einsog und mich daran berauschte.

22

Ein paar Tage später war ich wieder in Venedig. Mit der Linea Alilaguna ging es vom Flughafen Marco Polo Richtung Fondamente Nuove. Ich sah die Türme und Dächer der Stadt näherrücken, aber eigentlich hatte ich nur die tote Noemi vor Augen. In einer Bucht unweit des *Whirlpool* war ihr Körper angeschwemmt und aus dem Niagara gefischt worden – vom Wasser und von Gasen auf eine Weise aufgebläht, dass sie fast nicht mehr zu erkennen war. Ihre wunderbare Gestalt war kaum mehr menschlich, eine unförmige Masse, aufgedunsen, aufgeschwemmt, Haare und Nägel weggerissen. Ihre Lippen waren dunkel und geschwollen, und zwischen diesen Lippen ragte eine schwarze Zunge heraus. Die Augen hatten ihr magisches Grün verloren, waren verwaschen, lidlos, ohne Iris. Die Brüste hatte der Strudel beinahe platzen lassen. Die Waden waren zerquetscht. Die Haut abgeschält, als hätte man Noemi skalpiert. Die Lederhaut, die darunter zum Vorschein kam, war rotbraun, durchzogen von Sehnen und geborstenen Blutgefäßen. Ein Gestank ging von dem toten Körper aus wie von giftiger Säure. Ich war fast zusammengesackt, aber ich hatte mich nicht abgewandt. Ich hatte meine Hand auf ihre Stirn gelegt.

Im Toilettenspiegel des Schnellbootes sah ich in meine Augen, und was ich sah, waren Augen eines *Incurabile*: geschwollene, blutunterlaufene Augen, in die ich kaum zu blicken wagte. Erschöpft taumelte ich auf dem Schiff herum und hatte größte Mühe, das Gleichgewicht zu halten. Bei den Fondamente Nuove wollte ich auf die Linie Richtung Zattere wechseln, verpasste aber den Ausstieg. Das Schnellboot brauste an der Stelle vorbei, wo Noemi und ich immer gesessen hatten, um Eis zu lecken und den Blick in die Ferne schweifen zu lassen. Schwindel setzte mir zu, ich schwankte und hielt mich an der Brüstung fest. Leer starrte ich auf das Wasser, das unter mir vorbeizog, und verlor mich in den Wellen.

Die Alilaguna fuhr zum Lido, dann über das Arsenale und San Zaccaria nach San Marco. Dort wechselte ich mit einer Touristengruppe auf das Vaporetto Richtung Zattere. Rund um mich herum standen Leute mit Reisetaschen, begierig, alles in sich aufzusaugen, was sie zu sehen bekamen. Die farbigen Taschen, die hohen Absätze, die baumelnden Kamerariemen versetzten mir einen Stich.

Am Zattere-Quai stieg ich aus und machte mich auf zu meiner Dachkammer. Auf dem Campo Sant'Agnese spielten Kinder Fußball, eine alte Badewanne lag gegen einen Baum gelehnt, und aus der Gesuati-Kirche strömten die Kirchgänger. Eine Nachbarin schaute aus dem Piano nobile des Palazzo Trevisan degli Ulivi und beobachtete mich. Bevor mich jemand ansprechen konnte, schlüpfte ich in meinen Eingang und verschwand.

In der Wohnung legte ich erst einmal alles ab und atmete tief durch. Dann warf ich mich auf das Bett und starrte an die Decke. Von draußen schwappten die Geräusche des Canale della Giudecca herein und überfluteten die Stille des Zimmers mit Getucker und Schiffssirenen. Das Gieren der Plattformen war zu hören, und auf einer Baustelle schrammte etwas metallisch gegen etwas anderes. Ich lauschte den Geräuschen und dachte an Noemi. Was auch immer ich dachte, meine Gedanken führten nirgendwohin. Schließlich erinnerte ich mich an das rote Haarband in meinem Schreibtisch, das Einzige, was mir von ihr geblieben war. Ich fragte mich, ob es dieses Band wirklich gab, aber als ich aufstand und zuhinterst in der Schublade wühlte, lag es da neben einem Bild meiner Großmutter und einer alten Agenda. Ich starrte es lange an, sah einen kleinen dunklen Fleck darauf. Nie hatte ich diesen Fleck bemerkt. Vorsichtig nahm ich das Band zur Hand und strich mit der anderen sachte darüber. Ich drückte das Gesicht in das Gewebe, atmete durch Mund und Nase ein und hoffte, eine Spur von Noemis feinem Vanilleduft zu erhaschen. Aber der Geruch schien sich verflüchtigt zu haben. Erst nach einer Weile, als ich es schon aufgegeben hatte, nahm ich ganz schwach einen fernen Hauch von ihrem Haar wahr.

Morgen, dachte ich, morgen.

Dann schlief ich ein.

Aber der Morgen veränderte nichts. Ich verlor den Boden unter den Füßen. Taumelte durch den Tag. Schmerz und Trauer nahmen noch zu. Den Plan, nach meiner Rückkehr wieder in der Gelateria zu arbeiten, gab ich vorerst auf. Für eine Weile überließ ich das Geschäft Antonio. Er hatte die Sache während meiner Abwesenheit gut gemacht, er würde sie auch weiterhin gut machen.

Ziellos streifte ich durch die Gassen Cannaregios, ich wusste nicht, wohin, kam immer wieder an Ecken, wo Noemi und ich durchgegangen waren, wo wir gestanden hatten. Da hatten wir geplaudert, dort waren wir mit dem Vaporetto gefahren. Ich machte mich auf zu den Fondamente Nuove und lehnte mich an den Poller, bei dem wir oft gesessen hatten. Ich verschränkte die Arme und schaute hinaus auf die Lagune, zu den Fischerbooten, die, um nicht ins Seichte zu geraten, der Doppelreihe von Holzpfählen folgten, die die Wasserstraße hinüber zur Friedhofsinsel säumten. Fora dal mondo …

Wenn ich irgendwo Vanille roch, hatte ich Noemi vor Augen. Und ich roch es überall: im Eis, im Tee, in der Marmelade, in Brioches, Joghurts, Cremes, in Parfums, Shampoos, im Waschmittel, in Kerzen. Ich roch es zu Hause, in Cafés, auf Märkten, in Kirchen.

Ich verkroch mich, verlor mich in Tagträumen, hoffte wie ein kleines Kind, Noemi würde jeden Augenblick auftauchen und mit einem Limoneneis vor mir stehen. Würde diese Leichtigkeit und Vertrautheit mit sich bringen, die alles zum Leuchten brachte.

Aber nichts dergleichen geschah. Ich war ausgelaugt, nur noch eine Hülse. Wogen von Übelkeit überkamen mich, als müsste ich mich selbst auskotzen. Schweißausbrüche wechselten mit Schwächeanfällen. Nach einem halben Jahr hatte ich genug davon. Ich entschloss mich, wieder in meiner Gelateria zu arbeiten. Ich versuchte, mich am Kaufen von schwarzbraunen Vanillestangen festzuhalten, am Aufschlitzen der Schoten, am Herauskratzen der Samen. Versuchte, mich an einfachen Handgriffen und Verrichtungen zu stützen: am Mischen, Rühren und Abwägen, am Schmecken, Probieren und Einfüllen.

Gleichwohl erschien mir meine Gelateria jetzt schal. Es war kein Ort der Lustbarkeit mehr, kein Ort des fantasievollen Genusses, der sinnlichen Verführung, sondern eine normale Eisdiele – kommerziell, oberflächlich und dumm, ein Ort, an dem man Einheimischen und Touristen für eine süße Kleinigkeit das Geld aus der Tasche zog. Das Ganze widerte mich an, ich fühlte mich abscheulich und schwor mir, nie mehr an einem Wettbewerb wie der »Coppa d'Oro« teilzunehmen. Wie lächerlich und läppisch das war, wie kleinkariert und eitel.

Und doch hielt ich mich an der richtigen Menge Luft, an der richtigen Qualität der Schoten fest – es war das Einzige, was mich noch trug, das Einzige, was ich noch aushielt. Den Rest der Welt hatte ich völlig aus dem Blick verloren.

Wann immer ich Vanille roch, erinnerte ich mich an Noemis Art zu sprechen und zu schauen, fühlte ich ihre Hand auf meiner heißen Stirn. Erst wenn Antonio neues Eis brauchte, schreckte ich aus meinen Träumen auf und versuchte, mich zusammenzureißen.

Alles ist aus, dachte ich, was ich auch tue, alles ist aus.

In der Pause ging ich hinaus zum Zattere-Quai. Möwen flatterten kreischend auf und folgten einem Fischerboot, kreisten in heller Aufregung über dem Kutter, auf den einen oder anderen Bissen hoffend. Ich griff in meine Hosentasche und fühlte das Band. Der Gedanke schoss mir durch den Kopf, es ins Wasser zu werfen. Es der Strömung zu überlassen. Loszulassen. Aber die Vorstellung schnürte mir die Kehle zu, und meine Finger klammerten sich nur umso fester darum.

Es war, als befände ich mich in einem U-Boot auf dem Grund der Lagune, hin- und hergeworfen von Erinnerungen. Wegen der Untiefen, die nicht zu sehen waren, konnte ich es nicht steuern. Ich hatte keine Kontrolle über das U-Boot. Von einem Augenblick auf den anderen hatte sich mein Leben verändert. Von einem Leben über Wasser in ein Leben unter Wasser. In ein Leben im U-Boot. Ein Leben im Hinterzimmer. Einen Augenblick lang hatte ich mich umgedreht und war nach oben gegangen, und alles hatte sich geändert. Ich wusste, dass ich das nie begreifen würde. Ich wusste, dass ich darin nie einen Sinn sehen würde.

Ich erinnerte mich, wie wir Hand in Hand zum *Cave of the Winds* geschlendert waren. Über die Brücke zur Ziegeninsel. Ich erinnerte mich an die Wärme ihrer Hand und daran, dass irgendetwas Verrücktes mit mir passierte, wenn ich diese Wärme spürte.

Ich hatte nicht an die Unvergänglichkeit der Fälle geglaubt, auf der anderen Seite, in dem kanadischen Restaurant. Noemi schon. »Die Fälle werden immer da sein«, hatte sie gesagt.

Daniel Zahno

Rot wie die Nacht

Roman

Bezaubernd, elegant, geistreich: Die Fremde, die Ben im Zugabteil gegenübersitzt, fasziniert ihn auf den ersten Blick. Die schöne Unbekannte wird bald schon seine Geliebte. Was als Flirt begann, verwandelt sich rasch in eine *amour fou*, die nur schwer zu leben ist. Denn Alena ist an ihre Familie gebunden. Und auch Ben verstrickt sich, ohne es zu wollen, mehr und mehr in seine eigene Biographie.

Daniel Zahno hat – nach dem großen Erfolg der *Geliebten des Gelatiere* – mit dem Auge eines Fotografen und der Sprache eines Musikers einen wunderbaren neuen Roman geschrieben, eine Sehnsuchtsgeschichte ganz besonderer Art, schön und intensiv wie eine Nacht, die nie vorübergeht.

Roman
Geb., 140 Seiten
€ 17,90 (D)
ISBN 978-3-940888-47-1
weissbooks.com

weissbooks.w